血祭り

戸梶圭太
Tokaji Keita

第一部

6

山梨県　2月16日　午前10時22分

「川田陸士長ーっ！　もう一体発見しましたー！」

また遺体が見つかった。これで八体目だ。

すでに七つの遺体が雪の上に並べられている。すべて女性、または子供だ。

ここ山梨県を襲った、百年に一度あるかないかという豪雪の不幸な犠牲者は県の各地で増え続けている。

川田の部隊は一昨日から休みなく働き続け、出動から昨日までで十体を超える遺体を雪の中から掘り出した。雪の重みで崩落した屋根の下敷きになった者、屋根の雪かきをしていて転落してもがいている内に雪に埋もれてしまった者、運転中に雪の道路でスリップして山の斜面から転がり落ちた者など、さまざまだ。

だが、ここはまるで違った。

明らかに自然災害とは関係のない、異様な遺体だ。それらの遺体のありさまは、とても正気とは思えない何者かによってふるわれた、苛烈な暴力によるものとしか考えられない凄惨なものだった。

特に多いのが刺殺体だ。子供まで刺し殺されている。川田の部隊はとんでもない事件現場に遭遇してしまったのだ。

警察にはすでに連絡済みだ。刑事事件として捜査が始まることは間違いない。しかし県警もかつてない自然災害への対応で忙殺され、いつ到着するのかわからない。自分たちの部隊ができることはとにかく生存者を探し出すことである。

「うえぇぇっ！」

若い二等陸士二人が、新たに見つけた遺体を見て吐いた。これまで見つかった中でもっともひどいありさまだった。首が千切れかけていた。


ここで活動を始めてから二時間後、ついに生存者が見つかった。

中年の女性で、何枚もの毛布にくるまった状態で雪の中から掘り起こされた。

その女性は血を多量に浴びていたもののあざや擦過傷以外は大きな外傷はなく、低体温症からくる無関心の状態にあった。女性は今、除雪運搬車の後部で、新しい毛布三枚にくるまって、渡されたお茶のカップで両手を暖めている。隊員に名前を訊かれた際に「小宮山」と答えた以外は一言も喋っていない。

「小宮山さん」

川田陸士長は話しかけた。

「いったい、何があったんですか？」

警察官でない自分に尋問する資格がないことは自覚しているが、訊かずにいられなかった。詳しいことは警察が調べるとしても事態が異様過ぎる。痛まし過ぎる。だが、その中年女はすっかり呆《ほう》けてしまっている。低体温症による無関心状態だけではない、なにか言葉にできないほどの凄まじい体験に襲われて魂が抜けてしまっているように見えた。

「ここは、なんなんですか？　宿泊所なんですか？　男性は一人もいないんですか？」

「……り来た」

やっと小宮山が口を開いた。

「なんですって？」

川田陸士長は彼女の顔に耳を寄せた。

「……二人来たの」

小宮山は囁くように答えた。

「二人？　誰がですか？」

「……男が」

◆

「そんなに安定した生活がいいんなら、どうして俺と結婚したんだっ！」

寺井雄大《たけお》はついに声を荒げた。

「そんなに将来が不安なら、見合いでもして公務員とか銀行員とかと結婚すればよかったじゃないかよ」

「そんな言い方しなくてもいいじゃない！」

桔香《きっか》も声を荒げた。目がきっと吊りあがる。どうもよくないスイッチを押してしまったらしい。

「将来が不安じゃいけないの⁉　不安になっちゃいけないわけ？」

「不安があるなら具体的に言えばいいだろ、お前の不安はどれも漠然としたものばっかりだろ」

「漠然としてない、現実的なものだよ」

「要は俺の収入が少ないって言いたいんだろ？」

「それもあるけど……」

「なんなんだお前は、贅沢がしたくて結婚したのかよ！」

寺井は桔香から顔をそむけて、腕を組んで壁を睨んだ。そして吐き捨てるように言う。

「贅沢させてやれなくて悪かったな」

「そんなこと期待してないよ！　なんであたしが不安な時にそうやって攻撃してくるの？　逆の立場だったら傷つかない？」

「俺は自分の漠然とした不安は自分で解決する。大人だからな」

寺井は言ってやった。

「パートナーに不必要な心配ごとをさせないのが愛情だと思ってるからな」

桔香が、とてつもない侮辱を受けたという顔をした。

「そんなのが夫婦なの？　不安があっても相談できないのが夫婦っていえる？」

「誤解するな！　そうは言ってないだろ」

「言ってるよ！」

「言ってない！　その不安が現実的で具体的なことならいくらでも聞くし、話し合うよ。だけど将来へのぼんやりとした不安なんか、そんなもの自分の心の中で処理しろよ、大人なんだから」

「あたしが子供だって言いたいみたいだけど、あたしの感情はシェアしたくないってこと？　夫婦なのに？」

なんて面倒くさい女だ。

「シェアじゃないだろ！　押しつけてるだけだろ！　お前にとって他人の存在は自分の不安とかムカつきとかを投げつけるためだけのものなのか？　夫婦だって、他人なんだよ！　夫婦だからって自分のネガティブな感情を好き放題相手に押しつけていいわけじゃないんだよ！　自分の感情を整理しないでそのままパートナーに投げつけるなんて子供のやることだろ」

「そんなにあたしのこと子供扱いしたいんだ」

「実際子供だろうがぁ！」

寺井は唾を飛ばして怒鳴った。

不気味な沈黙が訪れた。耐え難かったので寺井は言った。

「自分の気持ちを分かち合って欲しいって言う奴に限って、他人の気持ちなんか考えてないもんだ」

「……なんかダメだね」

その投げやりな言い方に寺井は呆れた。

「少し、外に出て頭冷やしてきたらどうだ」

寺井は言ってソファから立った。

「自分の行動が妻を不安にさせてるっていう自覚がないんだね」

「なにぃ？」

「聞こえたでしょ⁉」

「呆れた女だな、俺がお前を不安にさせてるってのか？　俺の行動の何が！　どこが！」

ちんぴらクレーマーの言いがかりレベルじゃないか、なんなんだ。

「そうやって訊くってことは、自覚がないんだよ」

「ああないね！　俺の何が悪い、どこが悪い。俺がいつお前を不安にさせるようなことをした⁉」

「あたしを締め出してる」

「はあっ⁉」

もはや被害妄想だ。大丈夫なのか、こいつは。

いや、全然大丈夫じゃない。

「夫婦なのに夫婦じゃないみたい」

寺井はめまいを感じて額に手を当てた。ソファの肘に尻を乗せる。

「わかった。何が問題なのか」寺井は言った。

桔香が黙って先を促す。

「俺とお前で、（夫婦とはこうあるべきだ）っていうイメージにズレがあるんだ。それが一致していないからおかしなことになるんだ。お前はどう思ってるんだ、お前にとって（あるべき夫婦の姿）とはなんなんだ？」

「まずあたしから聞きたい」桔香が言った。「言って」

「そうか、じゃあ言う。俺にとって、夫婦というものは、成熟した心を持つ男と女が、お互いを最大限尊重して、助け合って、いろいろな困難を乗り越えて、喜びを分かち合うものだ」

桔香は、（お前の欺瞞を暴いてやる）とでも言いたげな顔で睨んでいる。

もはや妻が夫を見る目ではない。

寺井は胸の奥に冷たいしこりができるのを感じた。

「大事なのは、成熟した心を持つ男と女ってところだ。どちらか片方が精神的に子供だったり、二人とも子供だったたら、結婚は続けられない。結婚してからも、夫と妻は、人として成長する努力を怠ってはいけないんだ」

まだ睨んでいる。

なんだか、不気味だ。お前のその頭の中にどんな思考が吹き荒れてるんだ？

「桔香は、どうなんだ」寺井は訊いた。

「お互いに認め合って、相手を締め出さない」

桔香は瞬きせずに答えた。

「雄大はあたしを締め出してるし、あたしを一人の人間として認めてない」

「それは被害妄想なんだよ！　せっかく俺がこの話し合いを建設的な方向に持っていこうとしているのに、また俺を責めるだけか」

「疲れたから寝る」

桔香は投げやりに言い、立ち上がった。

締め出してるのは、お前だろ。

「ああそうかい、好きなだけ寝ろ」

寺井は桔香の背に向けて吐き捨てた。胸も胃も気持ち悪い。

「俺はここで寝る」

宣言したが、桔香は何も言わず、ドアも閉めずに出て行った。

ドアを閉めてから寺井は吐き捨てた。

「……バカかあいつは」

吐き捨ててから、聞かれたのではないかと心配になった。我ながら小心者だ。

寝室のドアが閉まる音が聞こえた。

聞こえちゃいない。

「どんだけガキなんだ」

寺井はさらに吐き捨てて、明かりを消してソファに横たわった。

◆

「開けてよ！」

　ノックしても応答がなかったので畑野深月《みづき》は声を荒げた。

「話があるの！　開けて！」

　より強くドアを叩いた。すると、ドアが勢いよく引き開けられて職員のおばさんが冷たくて怖い顔を見せた。おばさんの名前はわからないし、教えてもくれない。深月も敢えて訊く気はなかった。

「なんなの⁉」

　おばさんの声は冷たかったし、露骨に迷惑がっている感じだった。

「もう我慢できない」深月は訴えた。

「なにがよ」

「なんで殺されそうになって逃げ込んだところでいじめられなきゃいけないの！　もう最低、こんなとこいられない」

「声が大きい！　今何時だと思ってるの」

　おばさんの声も結構大きい。

　今は夜の十一時前だが、施設内は静まり返っている。夜九時が消灯だからだ。

「同じ部屋の女たちがグルになってあたしのこと攻撃するの、なんとかして、もうマジで耐えられない、こんなとこ出たい」

おばさんはいきなり深月の肘を掴んで部屋に引き入れ、乱暴にドアを閉めた。そして「そこ座りなさい」と小さな部屋の隅の机と椅子を指した。

深月が座ると、おばさんはもうひとつの椅子に大きなお尻をどすんと落とした。そして深月を睨んで言う。

「みんなと仲良くできないの？　他の入所者との喧嘩は絶対禁止だと言われたでしょ。もう忘れたの？」

「あたしは静かにおとなしくしてるのに、みんなが意地悪してくるのぉ」

「あなたの態度が悪いからじゃないの」

信じられないようなことをおばさんが言った。

「なんでそうなるの？　あたしは被害者なのに！」

「大声出さないの！　被害って具体的に何されたのよ」

「あたしの歯ブラシをトイレに捨てた」

おばさんが黙っているので深月はさらに言った。

「室内履きも片方隠されたし、すれ違った時に小さい声で（バカ女）って言われた」

「あなたの考えすぎでしょ」おばさんが断言した。

「違うの！　ほんとにみんながあたしに意地悪してるのぉ！　証拠だってあるんだから」

「あたしの前で大声出さないの！」

おばさんが命令した。

「あたしはあなたのママじゃないの！　あなただけのためにいるんじゃないの」

「わかってるよそんなこと」

悔しくて涙が出そうになった。

なんだ、結局どこも同じじゃないか。いじめられて、いじられたと訴えれば（考えすぎ）（あなたも悪い）（少しくらい我慢しなさい）とまた責められる。

「わかってるならなぜつまらないことであたしに苦情を言うの。ここにいる女性はみんな傷ついて、疲れて、怯えてるのよ、あなたなんかに意地悪する余裕なんかないの。それがわからない？」

「でも…」

「でもじゃないの！」

ぴしゃりと遮られた。

「あなたのことを嫌って意地悪してる人が本当にいるとしたって、ほとんどの人は三、四週間でここを出るの、新しい生活に踏み出すの。あなただって来週末くらいには出るんでしょう？　だったら今争ったってムダでしょう。ちょっと考えたらわかるんじゃない？」

「あたしは明日の朝出ます」深月は言った。「もういいです」

「何がもういいのよ」

「こういう生活です。外にも出られず、窓も全部ふさがれて空気も悪いし、刑務所みたいでケータイも見れないし、夜九時に強制的に寝かされて、歯ブラシをトイレに捨てられるのはもう嫌です」

「あなた正気？　行くところもないのにちょっと気に入らないっていうだけで出て行くの？」

「ちょっとどころじゃないです、あたしはアトピーでシャワー浴びる時は塩素除去ヘッドが要るのに、ここにはないし」

「何を贅沢言ってるの」

「贅沢じゃなくて！　ここにはアトピーの子供もいるはずでしょ、なのになんでそういう配慮がないの」

「悪かったわね」

「部屋に鏡もないし」

「鏡を怖がる人が多いの、あんたみたいに自分大好きな女性ばかりじゃないの」

「そんなに自分大好きじゃないよ、あたし」

「そうは思わないね」

もう話しても無駄だ、と深月は悟った。

「とにかく、あたしは自由が欲しいの」

「お金は？　自由を得るにはお金が要るわよ」

「なんとかするんで心配しなくていいです」

「また売春やるの？」

「またってなんですか！　あたしは売春したことなんかないよ！　他の女と勘違いしてない⁉」

「うるさいってば、子供もいるんだから静かになさい。ただ気に入らないっていうだけで何の計画もなしにまた外の世界に飛び出していってなんとかなるとでも思ってるの？　二十六でまともな職歴もなくて住所不定で…」

「そんなのわかってる」今度は深月が遮ってやった。

「人生を建て直したくないの？　ここから出たら誰もあなたを守ってくれないのよ？　ここに入る前と同じどころか、もっと悪いわよ。今でも元恋人があなたのこと血眼で捜してるのよ」

「もうあきらめたかもしれない」

「あきらめるわけないでしょ、ストーカーが」

確かにその通りだが……。

「なんでそんな不安を煽るのよぉ」

「煽ってなんかいないわよ、事実だからよ。あなた自分が一時の感情ですべてをぶち壊そうとしているのがわからないの？　自殺行為なのよ？　死ぬほど怯えてここへ来たのに、何も学んでないの？」

「学ぼうにも、ここの生活じゃ何も学べないじゃない。一日中ぼーっとしてるだけで、外も出られなくて、みんな怯えてて、話しかけると無視したり怒ったりするし」

「なんで話しかけるのよ、学校じゃないのよここは。空気が読めないの？」

「空気…」

そんなこと言われても困る。

「はっ」

おばさんがもう相手にしてられないとでも言いたげなため息を漏らした。そして冷たい声で「部屋に帰りなさい」と命じた。

「朝早くに出たいの、みんなに挨拶もしたくないし。なにか手続きが必要なら、今したい」

「朝にならないと無理ね。まず上の人に報告しないといけないから、どんなに早くても十時以降ね」

深月は鼻から深く息を吸って吐いた。

「じゃあそれでいいです。とにかくなるべく早くここを出たいです」

「本当に、先のことが考えられない頭なのね」

露骨に見下した言い方だったが、深月は何も言い返さなかった。

ドアがノックされた。

「入っていいわよ」おばさんが声をかけると、ドアが開いて、深月に意地悪した女がそこに立っていた。

あたしの告げ口が怖くなって見に来たのか、こいつ。

だが、意地悪女は深月には一瞥もくれずにおばさんに早口で言った。

「ぷーさんがまた夢遊病になってます。体が大きいから止められなくて、このままだと階段から転げ落ちちゃう」

「またか」

おばさんは立ち上がり、部屋の隅に立てかけてある長さ2メートル半の刺股を掴んで深月に言った。「早く部屋に戻りなさい！　話は終わったんだから」

深月の部屋も二階にあるので、おばさんと意地悪女のあとから階段に向かう。階段の上で女たちが数人がかりでぷーさんを階段の方へ行かせまいとしていたが、ぷーさんは夢うつつの状態で眉間に皺を寄せ、ひたすら突き進もうとする。

こんなたくましい女がDVの被害者だとはちょっと信じがたい。だんなはプロレスラーかなにかだったのか。

「どきなさい」

おばさんは女たちに言って、刺股を突き出してぷーさんの二重顎の下にはめこんで夢遊歩行を止めた。

まるで家畜みたいな愛のない扱い方で、見ていて気分が悪い。深月は女たちの脇をすり抜けて自分の部屋に戻った。自分の部屋といっても三人相部屋なのだが。

今度は枕がなくなっていた。

「やっぱ最低！」

◆

「かずみさん、ですか？」

待ち合わせ場所である駅入り口の券売機前に立っていたら、待ち合わせの時刻きっかりに背の高い男が声をかけてきた。

（かずみ）とは掲示板で使っていた名前である。男の年は四十くらいで、穏やかで優しそうな顔立ちだった。

すっぽかされることなく、遠目からひそかに見られて、あげくに「なんだブスじゃねえか」とメールを送りつけられることもなく済んだ。そして相手もそれほど悪い人間ではなさそう。今日は嫌な一日にならずに済むかもしれない。

「たくやさん？」

かずみは一応確認した。

「はい、そうです。どうもはじめまして」

たくやはそう言って軽く頭を下げた。礼儀正しい。

この男、地元の人間じゃなさそうだ。物腰や雰囲気が都会っぽいし、服もこの辺り
で売ってなさそうな趣味のいいものだし、全体的に余裕がありそうだ。

時間に余裕ができて、ちょっと地方の女を食いに来た。そんなところだろうか。

「じゃあ、行きましょうか」

「あ、はい」

かずみはたくやについていった。

「調べたら、この裏にホテル街があるらしいんで」たくやが言った。

「そうなんですか」

本当は知っているが、かずみはそう返した。裏通りのホテル街は何度も使っている。

車も裏通りの駐車場に止めてある。

「それしてもすっごい寒いですねぇ」

たくやが首をすくめて笑顔で言った。

「ええ、ほんとに」かずみは調子を合わせた。

「確認ですけど、シングルマザーさんですよね？」

たくやが、唐突に確認を求めた。

「ええ、はい」

かずみがよく利用している出会い系掲示板にはシンママというカテゴリーがあって、かずみはそこに登録していた。

子持ちの売春婦なんて需要がないかと思っていたが、思い切って（ギャル）から（シンママ）にカテゴリーを乗り換えたら以前より客がつくようになった。

理由は買春好きの男たちが書き込みをする掲示板をいくつかのぞいてみてわかった。（生活がかかっているから未婚の女より一生懸命奉仕する）、（腐っても母性がある）、（子供の安全を第一に考えるからトラブルが起きにくい）、（かなり無茶な変態リクエストも金次第で引き受ける）、（手荒に扱っても子供のために我慢して泣き寝入りする）…。吐き気を催したが、現実は確かにそんなものだ。

「変人に思われそうだけど、僕、シンママさん好きなんですよ。優しい人が多いから」

「そうなんですね」

あんたがそう思うのは勝手だし、そう思って余計に金くれたらもっと嬉しいよ。

ホテルの部屋に入っても、たくやはいきなりかずみを抱きすくめたりしなかった。前回そういう目に遭っていきなりセックスに突入させられたので安心した。

「えっと、先に一万円渡す約束だったよね」

たくやはかずみが切り出す前に言い、長財布から一万円を抜いて「ここに置いとくよ」とガラステーブルの上にそっと置いた。そして上着を脱ぐ。上着の下は黒い長袖シャツのみだった。贅肉の少ない、引き締まった体つきだった。

「あぁ、ありがとうございます」

かずみはひったくって財布にしまいこみたい衝動を抑えつつ札を取ってゆっくり大事に自分のぼろぼろの革財布にしまった。

いい人そうだから、終わった後で残りの一万五千もちゃんとくれるだろう。

「じゃ、今から二時間てことで」

たくみが自分の腕時計を見て言った。かずみは時計のブランドには疎いが高級そうに見えた。

「はい、よろしくお願いします」かずみは言った。「どうしますか？　少しずつ脱いでいきますか？　それとももう裸になっちゃいますか？」

「んん～と、浴室でシャワーを浴びているところを撮りたいから全部脱いでもらえますか？」たくやは言って、リモコンで暖房を入れた。そして厚手のハイソックスを脱ぐ。

「はい、わかりました」

かずみは、服を脱ぎ始めた。たくやはというと、傍で女が服を脱いでいてもそれに興味を示すことなく、バッグからコンパクトなミラーレス一眼レフを取り出して、ストロボを装着し、カメラをベッドに向けてシャッターを切ってモニターで確認している。

スカートを脱ごうとすると、たくやが言った。

「先に浴室行ってるから、脱いだら来て」

幾分くだけた口調に変わっていた。

「あ、はい」

全裸になって、昔は巨乳と呼ばれたものの今はすっかり垂れてしまった乳房を左手で隠して浴室に向かう。シャワーの音が聞こえる。

浴室のドアを開けると、ブリーフとTシャツだけになったたくやが、カメラを肩に下げ、シャワーヘッドを左手に持ってにこやかな顔で立っていた。ヘッドからは水が勢いよく出ている。たくやの左脇腹には長さ10センチほどの縫い傷があった。手術の痕というよりは、まるで誰かに腹を狙って切りつけられたかのような傷だ。

「カメラのレンズが曇っちゃうと写真が撮れないから、シャワーは少し温度低めにしてある。いいよね」

「あ、まぁ、あんまり長時間でなかったら」

「寒かったら切り上げるからいつでも言ってね」

気遣いを見せてくれたので、かずみは少しやる気が出た。

もちろん、子供のため、生活のため、金のためにやっているとはいえ、写真を撮られるのは元々好きだ。上手に撮ってもらった自分の写真は大好きだ。それが好き過ぎて六年前に地元の洋菓子製造会社を辞めて東京に出て、インチキなモデル事務所に所属してしまった。東京でうまくモデル業界に食い込めていれば、あるいは妊娠したことを告げても逃げない誠実な男と出会えていれば、地元に戻ってくるつもりもなかった。

「はい」

「じゃ、そこの隅に立って」

たくやに指示され、浴室の奥の隅に立った。

「えっと、たくやさん、どんなポーズで…」

いきなりシャワーヘッドを向けられた。それは温かいお湯どころか、凶器のごとき冷水だった。しかも水圧が自分の家のシャワーと比べ物にならないほど強い。

「ひぇやっ！」

かずみの喉から声がほとばしった。

冷水が顔と胸を集中的に狙って浴びせられた。かずみは頭を低くして扉めがけて走り出そうとしたが、たくやの左手が獲物に襲いかかる大蛇のごとくかずみの髪の毛を掴み、ものすごい力で引っ張った。そのまま仰向けに倒れ腰を強打した。

真上から冷水シャワーが全身に降り注ぐ。

心臓がでたらめに飛び跳ねて声も出せない。

たくやがのしかかってきて、下顎をがっちり掴んでタイルに押しつけられ動けなくなった。目にも鼻にもがぼがぼと冷水が浸入してくる。両手でシャワーヘッドを掴んで押しのけようとしたが、力の差がありすぎてどうにもならない。

体温が低下して命の危険を感じた。

もう、何してもいいから冷水はやめて欲しい。なんでもするから…。

ふいにシャワーヘッドが顔から離され、今度は性器の入り口に押し当てられた。

「はうあぁぁ！」かずみは悲鳴を上げた。

体温がどんどん低下していく。

「あっはははは！」

たくやが突然笑い出した。笑いながら写真を撮る。

「ははははっははは！」

こいつ、狂ってる。最悪な奴に当たってしまった。

両手で顔を引っかいてやろうとしたが、たくやが腕をめいっぱい突っ張っているため、腕のリーチの差でかろうじて下顎の先くらいまでしか届かないし、届いても恐怖と冷たさでろくに力が入らない。歯茎がじいんと痺れ、意識が遠くなっていく。

「立てっ！」

たくやがシャワーヘッドを捨ててかずみの髪の毛と左腕を掴み、怪力でバスタブへぶん投げた。かずみは両膝をバスタブの縁に強打し、つんのめってバスタブに頭から転げ落ちた。そこへまた冷水が降り注ぐ。

「畜生、俺もすげえ濡れちまったよ、さみいだろこの野郎」

たくやが笑顔で言い、またシャッターを何度も切った。

寝室にずぶぬれのまま連れ込まれ、ベッドに放られた。恐怖と寒さで震えがとまらない。

「ふう…」

たくやが声を漏らし、全裸になった。

半分ほどしか勃起していないが、それでもこれまでかずみが相手にしてきた男たちよりは大きかった。

「これ、付けるか」

たくやが言ってバッグから取り出したのは、アダルトショップで売っている手首と膝を連結した上で両足を大きく開脚させる枷《かせ》だった。

枷を取り付ける間、かずみは抵抗しなかった。

とにかく早く終わらせて、生きて子供を預けている託児所に行きたい。それだけが望みだった。この男は遊びたいだけだ、たぶん殺しはしない。殺すと色々面倒だからそんなことはしないだろう。狂ってはいるけど、殺すほどには狂っていないと思う。だけど、死ぬよりひどい目に遭わされるかもしれない。でももう逃げられない。

出会い系で売春をしていればいつか最悪な暴力男と出会ってしまうかもしれない。そのリスクを考えたことは、勿論あった。でも、考えてどうなるものでもなかった。いわゆるケツ持ち男の後ろ盾なしに売春する限りリスクはなくならないし、ケツ持ちがいたらいたで稼ぎの大半を持っていかれてしまうのだ。売春をやめられないのであれば、リスクについては考えてもしょうがなかった。

拘束具を装着すると、たくやはかずみの写真をさまざまな角度から撮り始めた。

「顔そむけるな、こっち見てろ、目ぇつぶるな」と命令されたので従うしかなかった。

撮られた写真がどう使われるか想像するだけで吐きそうになった。

ほんの十分ほどの撮影が終わると、たくやは浴室からバスタオルを二枚持ってきて、一枚で自分の体を拭き、もう一枚を持ってベッドに乗り、かずみの体や髪を拭き始めた。人間ではなく物を拭くような手つきだった。

それが終わるとタオルを捨て、断りもなく二本の指をかずみの性器に突き入れて子宮内膜を引っかくように動かし始めた。そうしながら「ちょっと話そうぜ」といきなり切り出した。

「……はい？」

こんなことしておいて何を話そうというのだろう。わけがわからない。

「男はどこいったんだ」

たくやの指がゆっくりと円を描く。

「今は、どこにいるのかわかりません」正直に答えた。

「同棲してたのか」

「はい」

たくやが器用に親指の先でかずみのクリトリスも刺激し始めた。

「同棲してた時、男に暴力ふるわれたか？」

なんでそんなこと訊くんだ。

「……はい」

「殴られた後、どうした」

「……え？」

「警察に行ったのかよ」

指の動きが早くなる。気持ちいいわけではないが会話に集中できない。しかしやめてくれなどとはとても言えない。言ったら、あっさり殺されるかもしれない。

「……あ、はい」

「行ってどうなったんだ」

「だんなについて訊かれました」

「それはどうでもいいんだ。ＤＶシェルターを紹介されなかったか？」

「え？」

「避難所だよ、女子供の」

返答を急かすようにたくやの指の動きが早くなる。

「あ、はい」

「入るよう勧められたのか」

「勧められたっていうより、そういうところもありますがどうしますかって訊かれました、女性の警察官から…」

「で、入ったのか、シェルターに」

「いいえ」

「なんで入らなかったんだよ！」

たくやが声を荒げ、また指を引き抜いて今度は粘液をかずみの顔に擦りつけた。自分の粘液とはいえ、やめて欲しい。

「実家に泊まろうと思ったから…」

「実家に男がきたらどうすんだ」

また指が性器に突き入れられた。

「実家の住所は知られてなかったんです、だから…」

「ＤＶシェルターがどこにあるか教えてもらったか？」

「いいえ」

左手で後頭部の髪をぐっと掴まれた。

「本当は入ってたんじゃないのか、シェルターに」

「入ってません」

「嘘をつくと子供が見てもママだとわからない化け物みてえな顔になるぞ」

「嘘ついてないです」

「俺の目を見ろ」

命令されたので、死ぬほど怖いがたくやの目を直視した。

「目をそらせるなよ」

かずみは小さく頷いた。たくやの性器がぐっと押し込まれてきた。

子宮内で射精され、財布の中の一万円どころか自分の金四千円まで抜かれた。その際「しばらく借りるぞ」とたくやは言った。だが、これで終わって家に帰れるなら文句いうまい。

しかしたくやが、かずみの健康保険証や免許証を抜いてテーブルに置いて自分のスマートフォンで写真を撮ったので、新たな恐怖が湧き起こった。

写真を撮り終えて身分証を財布に戻すと、たくやが言った。

「一人で出たら怪しいからお前も一緒に出るんだ、さっさとシャワー浴びて服を着ろ」

拘束を解かれ、かずみは言われたとおりに急いで体を流し、服を着た。髪もぬれたままだ。

ホテルの外に出ても生き返った心地はまったくしない。

「今日のことは忘れろよ」たくやが言った。「覚えてていいことないぞ」

かずみはこくんと頷いた。

「水かけられて金もらえなかったこと以外は、いつもお前がやってることだろ？」

かずみはまた頷く、そうする他ない。

「俺はお前を殴ったか？」

かずみは首を振った。本当に、もう解放して欲しい。

「よし、じゃあお前が車に乗って帰るところを見送ってやる。駐車場はどこだ、案内しろ」

まさか車に乗り込んで家に来るつもりか。いや、さすがにそれは……わからない。

かずみは震えて歩きながら駐車場までたくやを連れて行った。有り金を全部取られたので駐車料金を払えない、と思ったら意外にもたくやが払った。そして自分の軽自動車の前で立ち止まった。

「本当にシェルターのことは知らないんだな」たくやがしつこく訊く。

「本当に知りません」かずみは答えた。

「お前は撮影モデルのフリした売春女だ。警察に行ってもお前の立場が悪くなるだけだ。子供も傷つく。そして思春期になればお前のことを世界一汚い人間だとののしるようになる。馬鹿でもそれくらいのことはわかるよな？　お前の住んでるところも知ってる」

そこから先は言わなくてもわかってるな、という目でたくやが睨んだ。

「わかったら早く失せろ。俺に会ったことは忘れろ、思い出すのも禁止だぞ。わかったな」

「わかりました。それじゃ…」

かずみは一礼し、車に静かに乗り込んだ。

早く、早く早く早く…という自分の頭の中の声が急かす。一刻もこの男がいない世界に戻らないと。

「おい！」

突然たくやが車の進路に立ちふさがった。恐怖はまだ続くのか。バックで逃げようかと一瞬思った。

「それよこせ」

何のことかと思ったら、たくやはダッシュボードに乗っているグリーンアップルガムを指差していた。かずみは右手でガムを取り、左手でしっかりとハンドルを握ってアクセルに足をかけ、たくやが妙な真似をしたら急発進するつもりで用心して窓を少しだけ開けてガムを差し出した。

たくやはそれをひったくり、にやりとした。

かずみは急いで窓を閉め、一礼して車を出した。

たくやはにやにやしながら見送っている。追いかけてもこない。だんだん小さくなっていく。悪魔が遠くなっていく。

どうやら終わったらしい。これで日常に戻れる。

ミラーでもう一度確認する。あいつが車に乗って尾《つ》けてきてないか。大丈夫だ、いない。

終わったんだ。終わった。長かった。十年くらいにも感じた。

エアコンのスイッチを入れる。普段はケチって弱にしているが、最強にする。

だけど、まだ終わってないのかもしれない。

あいつはあたしの家を知っている。その気になればいつでも来られる。いつでも来て、あたしを見張ったり、つけ回したり、ドアや窓を壊して部屋の中に入ってくることもできる。あたしが稼いだ金を奪い取ることもできる。

だけど、そんなことは起きないかもしれない。あいつの興味はもう次の獲物に移っているのかもしれない。自分の日常がある都会に戻るかもしれない。そうであって欲しい。

あいつから逃げるために引っ越すなんてできない。

多分、もう会うことはない。交通事故、いや飛行機事故に遭ったようなものだ。そう考えるのがいいのかもしれない。

とにかく、託児所に子供を引き取りにいかなくては。

金はないけど、少しのあいだ掲示板を使うのはよそう。ほとぼりを冷まそう。そしていつかまた、始めよう。そうするしかないのだ。

託児所に着くまでにかずみは百回以上もミラーで尾けられていないことを確認し、危うく事故を起こしかけた。

◆

DV法を悪用する妻と戦う冤罪《えんざい》男・TaKeのブログ　娘を取り戻すその日まで

TaKeのプロフィール
山梨県在住のマルチ文筆業。

201×年二月四日　突然妻が七歳の娘を連れて行方をくらませました。最寄りの警察に捜索願を出しに行き、そこで妻が娘を連れてDVシェルターへ避難したことを知らされました。

自分が当事者になるまで、片親による勝手な子供の連れ去りが日本では処罰の対象にならないということを知りませんでした。こんな理不尽で冷酷な日本の司法に従うつもりはありません。娘を取り戻すために、私は命を懸けて戦います。

三十四歳の寺井雄大《たけお》がこのブログを開設してからわずか数日で五十を超えるコメントと三十以上のメッセージをもらった。全員が同じ境遇に苦しめられている男性だった。そこであらためて寺井はこの問題の闇の深さを思い知った。

初めに相談した弁護士は最悪だった。寺井を加害者と決めつけているような口調で、助けてくれようともしなかった。時間と相談料の無駄だった。

そこでネットで色々と検索している内に「とにかくでっちあげＤＶは男性にとって著しく不利。弁護士も警察もろくに事実確認をせずに被害者だと主張しているだけの妻の味方をする。反論は裁判で行えばよいなどと言うが、ＤＶをでっち上げた妻が弁護士とともに周到に証拠を用意して裁判に臨んでいるケースが多いため、やはり不利。一人で戦おうとしても無理なので、ブログなどで自分の境遇をアピールし仲間を増やしていくと良い」という回答にでくわし、寺井は生まれて初めてアミーゴブログを開設した。

そして似たようなブログをつづっている男性のブログを探してはコメントしたりメッセージを送ったりして触手を伸ばした。

おかげで孤立無援の絶望からは少し救われたものの、娘を取り戻すことがどれほど長く険しい道のりかよくわかってしまった。

アミーゴメンバーのある男性はもう六年も孤独な戦いを続けていて鬱病になってしまい、これでは万が一妻子の居場所がわかっても鬱病では裁判に臨むことさえできないと自嘲気味に書いている。

未来の自分を見せられているようで寺井は心底から恐怖に震えた。

睡眠三時間以下の日が続いていて、心身ともに限界を超えつつある。しかし、娘は、桃代は、絶対に取り戻す。たとえどんなに不利な戦いでもあきらめない。

子供を連れて家を出てしまえば勝ちなどという社会は、断じて認められない。

今日も寺井が戦友と名づけたアミーゴたちのブログを巡回しているうちに深夜零時を回っていた。今夜はちょっとしたハプニングがあった。

ゆめかパパというブログ主の記事に自称DV被害者の女を名乗る人間がゆめかパパのみならず、DV冤罪で苦しむすべての男性を「自作自演厨《ちゅう》」呼ばわりする悪意のあるコメントを残して、ゆめかパパが激怒していた。

そのコメントを呼んだ寺井も激怒した。

さっそくその女のブログに飛び、脅迫すれすれぎりぎりセーフなメッセージとコメントを残した。他の戦友たちも参戦して同様な攻撃をしたらしい。

寺井のネット依存度は急速に高まっていき、アミーゴたちとの励ましあいがなければ生きていけないと思うまでになった。

寺井は頭のてっぺんが自然発火しそうなほど焦っていた。

警察が捜索願を受理してくれなかったことから妻の桔香《きっか》と娘の桃代《ももよ》が一時避難所にいることがわかったのだが、そういうシェルターの滞在期間は二週間～一ヶ月がほとんどで、そこを出たら永久に居場所がわからなくなる可能性が大いにあるのだ。

もちろん、妻が経済的に貧窮したり冷静に物事を考えられるようになったりして、施設を出た後に夫と連絡を取って元の鞘に収まるケースもままある。そういう場合、夫は辛抱強く待てば報われることもある。

だが、妻が計画的にＤＶをでっちあげたケースではそんなことは起こりえない。夫は居場所のわからない妻から慰謝料と養育費をいつまでもむしられて、死ぬまで子供に会えなくなる。

このままだとそうなる確率が高い。気が狂いそうだ。今頃桔香は娘に「パパは暴力をふるう悪い人」と吹き込んでいる。呪いをかけているのだ。桃代は洗脳され、父親を憎むようになる。

「ふぅぐっ！」

突然、胸にカバが親子で乗ったかのようなすさまじい圧迫感を感じ、息ができなくなった。

こんな経験、初めてだ。こんなのはわがままで繊細すぎる神経の持ち主だけがなる一種の自己アピールみたいな症状だと思っていたのに。自分がそうなってしまったことがショックだった。

どうにか普通に呼吸ができるようになると、『息ができない』というタイトルで、今自分が苦しんでいる症状をそのまま書いたら、さっそくゆめかパパをはじめとするアミーゴたちがコメントやメッセージをくれた。

それで少し症状が和らいだ。

とにかく、今は一人で戦っているのではない。日本全国に、この国の腐った法律と戦っている同志がいるのだ。あきらめず、絶望することなく、戦うのだ。娘を取り返すその日まで。

だが残り時間は、本当に少ない。ひと月のタイムリミットを過ぎたら、おそらく娘は、桃代は永久に自分の手の届かないところに行ってしまうだろう。そして他の男の娘になり、義父に性的ないたずらをされて精神を病むかＡＶに出るか自殺するか、そうでなければシングルマザーの娘として世間にさんざ馬鹿にされて蔑まれて精神を病むかＡＶに出るか自殺するか…いずれにせよ明るい未来が待っている可能性はとてつもなく低い。

ケータイに保存してある何枚もの桃代の写真を見ては涙を流す。そしてＤＶ被害者を騙って桃代を奪い内心高笑いしている桔香を叩き殺すところを想像する。ミートハンマーですべての骨を砕き、肉を潰し、内臓を破裂させ、元が誰であったかわからないくらいに徹底破壊したらガソリンをかけて燃やす。それから時間をかけてゆっくりと桃代の洗脳を解いていく。

深夜一時過ぎ、眠れないのでいつものようにネットを放浪していた。

娘を連れ去られ、寺井の女性観はすっかり変わってしまった。

寺井にとって女という生き物は絶えず嘘をつき、常に被害者ぶり、寄生する男を探し続け、他人の陰口ばかり叩き、一の実体を五十にも百にも大げさに騙って自分を大きく見せようとする。そして自分の子供を虐待したり殺したりする。子供を所有物として扱う。化けの皮が剥がれそうになると手首を切ったり呼吸困難を起こしたり金きり声を上げげて、化けの皮を剥がそうとする人間を犯罪者呼ばわりして被害者を決め込む。

もちろん、すべての女がそうだなどとは言わない。

だが、人格障害女はとてつもない数が生息している。それを結婚する前に見抜けないケースも非常に多い。

なぜ見抜けないか。それは奴らが天才的な悪だからだ。

自分の立場が優位になるまで決して邪悪な正体を見せない。しかし一旦妻の座を勝ち取るや否や怪物のような本性を露呈する。

桔香はその典型だ。

桔香のような似非《えせ》被害者を守れとフェミニストどもは言う。フェミどもに言わせれば、すべての男は犯罪者予備軍なのだ。フェミニストは化け物女どもを支援して男を攻撃し、男と女を対立させ憎しみあわせ、幸福な社会の実現を阻むテロリストだ。

人格障害女なんか殺されてもしかたない。人格障害者の女なんかに子供を育てさせては絶対にいけない。

不良DNA女どもが。

女に対する怨念は寺井の性的嗜好をも歪め、変えてしまった。

以前は女が暴力的に嬲《なぶ》られるポルノ動画なんか気分が悪くなるので見たくなかったのに、娘を連れ去られてから、桔香のような屑女がはした金で徹底的に性的搾取される動画が見たくてたまらない。

自意識だけがぶくぶくと肥大したメンタルのおかしな若い女が、監禁されて人格が崩壊するまでいたぶられて発狂する動画など特に痛快である。ヒューマニズムなどクソくらえだ。

こういった動画はむしろささやかな正義の実現なのだ。勘違い馬鹿女はこれくらい徹底して痛めつけないと歪んだ自意識を矯正できないのだ。本人のためにも、世の中のためにも、大いに矯正すべきなのだ。

深夜二時半過ぎ、寺井はとある投稿画像サイトにたどり着いた。

素人女の裸体写真晒《さら》し掲示板である。元彼女やナンパした女や掲示板で釣った女の裸体や性交時の画像を晒している。

いつかこの掲示板に桔香が晒される日がくるだろうか、と考える。

きてもおかしくない。むしろ晒されて欲しい。俺が桃代を取り返した後で奈落の底に落ちて、この掲示板に汚く醜い体を晒されて日本どころか世界中の男たちから嘲られて欲しい。


掲示板の山梨板で拾った安シンママをおもいっきし冷水責め祭りしたった

それがトップ記事だった。

「……ふん」

寺井は一通り写真を見て、鼻で笑った。いい気味だ。このシングルマザーもでっち上げＤＶで親権を奪ったものの、その後夫が失業したり心痛で働けなくなったりして養育費が払えず、結局売春で生計を立てざるをえなくなった口かもしれない。

そんな女には、冷水でも熱湯でも溶かした鉄でもぶっかけてやればいいのだ。それで死んだら子供は父親に返してやればいい。父親も人間の屑だったらまともな里親に育てさせればいいのだ。

それにしてもこの山梨のシングルマザーの嬲られっぷりは、いい。唇は紫、顔面は蒼白で、目には本物の死への恐怖が宿っている。やらせ臭さが微塵もない。この一連の写真は、本当に男が情け容赦なく恐怖と暴力でいたぶりつくしたプロセスだ。

各写真につけられたキャプションも悪意全開である。「ミネラルたっぷり山梨ウォーターで心臓たっぷり冷やしましょう」「風呂場で走って転ぶくらいバカでした」「こういうの見ると、豚ちゃんの方がよほど上品で気品がありますね」「やられ顔はシュールなギャグってな感じでそうろう」

よくやってくれた。溜飲が下がった。これからもこういう屑女をガンガン人格破壊してくれ。

投稿者は…RAGE-44MAGNUM か。

タクシードライバーのトラヴィス気取りか？　だが女を助けるのではなく、女に罰を下すところがトラヴィスと正反対だ。そこがいい。ちょっとイカレた奴だろうが、イカレた奴も最初からイカレていたわけじゃない。イカレるに足る悲しみや理不尽な扱いや深い絶望を味わったのだ。

俺だってそうだ。この長く苦しい戦いを続けるには憎しみと狂気で武装する覚悟がなければ。なぜって、敵は自分以上の邪悪な狂人なのだから。

さすがに目が疲れたのでベッドにもぐりこみ、目を閉じる前にもう一度桃代の写真を眺め、心の中で桃代に呼びかけた。

桃代、パパは全力でお前のこと捜して、必ず見つけ出して助け出すからな、もう少しの辛抱だぞ。ママの言うことに耳を貸しちゃだめだぞ、信じちゃダメだぞ、ママは嘘つきの悪者なんだから、ママがパパについて言っていることは全部嘘なんだから。だから信じないでくれ、信じるならお前を本当に愛しているパパを信じてくれ。いつも傍にいる人間が、必ずしもお前を愛しているわけじゃないんだ。お前を利用していることだってあるんだ。桃代も大人になったらパパの言っていることがきっとわかるはずだ。

本当の愛は、必ずしもわかりやすく、見えやすいものじゃないんだよ。

桃代、愛してるよ。

桃代を助け出すためならパパはなんだってする、世間のみんなが悪いっていうことだってやる。お前を取り戻すためなら人だって殺す。それくらい、パパは本気なんだ。

桃代はパパの子だ、この腐りきった狂人だらけの国で桃代のことを本気で、命を懸けて守ってやれるのはパパだけなんだよ。

どうか、そのことを理解してくれ、桃代。

「桃代っ」

名を呼んだら、蛇口をひねったかのように涙が噴き出してとまらなくなった。

◆

滞在費用と緊急貸付金はできるだけすみやかに、必ず、誠意を持って、返済いたします。畑野深月

大して効力があるとも思えない誓約書を書き終え、拇印を押した。

「わかってるの？　あんたがやろうとしていることは自殺と同じじよ」

予想したとおり、おばさんはまた引き止めにかかった。

「自分の面倒は自分で見ます」深月はきっぱり言った。

「あんたには無理ね」

「どうして決めつけるんですか⁉」

「あんたはまだ何も学んでいない」

「ほらまた決めつける！　あたしは学んだの！」

「なにをよ⁉」

「ここにいてもなんにも解決しないってことだよ」

「シェルターなんか無意味だって言いたいの？」

「そうじゃないけど、他の人はとにかく、あたしにはあんまり役に立たないってこと。あたしには子供いないし、まだ働けるし身軽だし、ここに隠れているより動いたほうがうまいくと思うの」

　おばさんはため息をついた。

「本当に子供ね」

　なんとでも言え。あたしの決心は揺るがない。

「で、どうするの？　また風俗で働くの？」

「それ嫌味ですか？」

「あんたみたいな娘が流れてくのはそこでしょう？」

　どう考えてもこのおばさんは女性と子供を守る仕事に向いていないと思うけど、そんなこと指摘してもムダだ。

「おばさんが知らないだけで、お金を稼ぐ方法は他にもたくさんあるんですよ。まめに情報を集めてればわかります」

「そりゃたくさんあるわよ、でもね、どれも根っこはおんなじなのよ」

　それに関しては絶大な自信があるらしかった。

「迎えの車はまだですか」

「もうすぐよ」

「ケータイ返してくれませんか」

「迎えの車がきてからだよ」

「持っていたいんですけど」

「だめ」

「じゃあ黙って迎えがくるのを待ってます」と深月は宣言した。

「何かあっても、もうここには戻れないよ」

おばさんが言った。

「出たり入ったりはここの住所が漏れるリスクがあるからね」

「絶対戻らないんで安心してください」

「あぁそ、ま、がんばって」

とげとげしい沈黙が訪れた。

どうでもいいけど、このおばさん、どんな人生を経てここの世話係に落ち着いたんだろう。この人も旦那に殴られたり蹴られたり罵倒されたりした被害者なんだろうか。そうは見えないけど、このふてぶてしさ。ていうか結婚できたのかな。彼氏いた時期とかあったのかな……案外ジャニーズ一筋だったりして、うげっ。

卓上に置かれたボロボロのガラケーが鳴り、おばさんがそれを取った。

きっと迎えの車がきたんだ。やっと収容所から出て行ける。

「はい…ああそ、じゃ今いくから」

おばさんは電話を切って深月に言った。

「ケータイ返してあげるけど、車から降りるまでバッテリーは預かっとく」

「なんですかそれ！」

「あんた日本語わからないの？」

「バッテリーなかったら意味ないじゃない」

「用心のためよ」

「あたしGPS機能使ってないよ」

「使っていようがいまいが規則だからだめなの。ちょっと待ってなさい。持ってくるから」

おばさんは深月を置いて出て行き、三分後にどこからか深月のスマートフォンを入れたジップロックを持ってきた。

「間違いないわね、これで」

「はい」

「じゃ、バッテリーは抜くよ」

おばさんは言ってスマートフォンを取り出し、カバーを外して裏蓋を開け、充電池を取り出して自分のズボンのポケットに入れた。そして「はい」と深月に返した。

わかってはいたが、出て行く時もお別れの挨拶などない。もちろん見送ってくれる人間もいない。みんな入ってきた時と同じようにひっそりと、そして痕跡を残さずに出て行く。

あたしは結局六日間しかいなかったけど、なかなか凄い世界だった。もうこんな異常なところには二度とこなくて済む人生を送らないと、本気で。

玄関で靴を履くとおばさんが言った。

「これ頭に被って」

それは古着から作られた厚手の綿の袋だった。

入所者に外の風景を見せないため、シェルターのロケーションをわからないようにさせるための道具だ。

「どうしても？」

「被らないなら車に乗せないよ」おばさんが言った。

おばさんはこのシェルターの秘密と住人の安全を守る義務があるのだ。

深月は仕方なくその袋を被った。

「さ、あたしの腕につかまって」

言われたとおり、おばさんの太い二の腕を両手で掴んだ。これくらい太ければきっと男にも負けないだろうなと深月は思った。

ドアから、待望の外に出た。

「さむっ！」

思わずくぐもった声を上げてぶるっと震えた。

「当たり前でしょ、二月なんだから」おばさんが吐き捨てるように言う。

車のアイドリング音が聞こえる。もう外で待っていたんだ。

ドアがスライドする音が聞こえた。

「ほら、乗るよ。三歩大きく歩いてから片足をあげて」

右足が車体にかかった。

「頭低くして左足も入れて、そう、そのままゆっくり座るのよ」

おそるおそる尻を落とすと、そこにシートがあった。おばさんの両手が伸びてきて深月の体をシートベルトで固定した。

ドアが閉まり、車が静かに動き出した。

最後にひと目、自分がこの数日間一体どんな家で過ごしていたのか見てみたい気もするが、もちろんそれは叶わない。

「もう袋取ってもいい？」

「まだ」おばさんが答えた。

「どうせ車の窓、目張りしてるんでしょう？」

「最後くらいおとなしく言うこと聞いたらどうなの」

おばさんに高圧的に言われ、深月は黙った。

最後くらい少しは優しくしてくれりゃいいのに。

わかったよ、おとなしくしててやるよ、どうせもう二度と会わないもんね。

スマホ返してもらったらまず充電ケーブルを買わないと。それから漫喫探して充電しながら今後のことじっくり考えよう。

敦広《あつひろ》はあたしのことまだ捜してるんだろうか。ていうかメールとか電話どれくらいきてるんだろう。確かめるの怖いけど確かめとかないと。

それからバイト探して…。当然、寮完備の店でないと。生活保護は面倒なだけだし絶対に申請を受け付けてもらえないだろうから時間の無駄。

まぁ、なんとかなる、っていうかなんとかする。男に頼らず自活しないとまた同じことの繰り返しになる。

自活。この世でもっとも重たくて、息苦しくなる言葉だ。

だけど今頑張っておかないと。年取れば取るほどあたしみたいな学歴も技能もない人間は自立しにくくなって、世間の目もどんどん冷たく残酷になる。なんとかして自分よりも価値のない人間を見つけて全力で攻撃したい奴らがうじゃうじゃ湧いてくる。

マジでちょっと必死にならないと。資格取るとか…。どんだけ大変なんだか、考えただけで挫けそう、ていうかもう挫けかけてるし。

「あぁあぶなあああああい！」

突然、おばさんとは違う女の声が前方で上がった。運転手も女性だったらしい。

深月がぎくりとした瞬間、今度はどーん！　という重たい衝突音が聞こえて深月の心臓は飛び上がった。

車が急停止した。

「なに！　どうしたの⁉」

おばさんもびっくりしたらしく、うわずった声で運転手の女性に訊いた。

「事故よ！　事故！」

「事故⁉」

「車とオートバイよ！　バイクに二人乗ってて二人とも吹っ飛んだ」

「ええっ⁉」

「悪いのは車の方よ、信号無視して…あっ、逃げる！」

「車逃げたの？」

キーッ！　という耳障りな音が深月の耳を刺した。

「信じらんない！　ひき逃げだぁ！」

運転手の女性が恐怖と憤りのまじった声で叫んだ。

「ひき逃げだぁ！　人殺しぃ！　信じられない」

「はねられた二人は？」おばさんが訊く。

「まだ転がってる、動かない。死んだのかも」

「誰か助けてるの？」

「誰も！」

「え？」

「だってあたしたちしかいないもん！」

衝撃的な状況であった。深月の心臓の鼓動が加速度をつけて早くなっていく。

「どうする？　電話する？」運転手の女性がおばさんに訊く。

「あんた呼んで。あたしちょっと様子を見る」

おばさんが決断し、深月の肩に手を置いてぐっと握り、言った。

「ここでじっとしてるのよ、絶対に袋を取っちゃだめよ」

「あたしも何か手伝わなくてもいいの？」深月は思わず言った。

「あんたに何ができんのよ！　救命士の資格でもあるの？」

「ないけど…」

「だったらおとなしく座ってな！　まったく…」

そんな言い方しなくても…。

おばさんがシートベルトを外し、ドアを開けた。そして深月に「袋取って外を見たら承知しないよ！」と警告してドアを閉めた。

運転手の女性はケータイで１１９番通報して、状況を説明し始めた。

この状況で袋被ったままおとなしくしてろって？　何様のつもりだよ！

どうせ運転席と後部席は板できっちり仕切られているだろうから袋を取ったところで運転席の女性には見えない。

だったらいいじゃん。深月は袋を取った。そして鼻から深呼吸する。

ワゴン車の窓は段ボール紙を幅の広い黒い遮光テープで貼って塞いであった。

深月は右手を伸ばし、遮光テープの端を爪で剥がそうと試みた。思ったより楽に剥がれた。外から明るい光が入ってくる。頭を低くして外を見た。

自分の座っているこの席の側の窓から事故現場を見ることはできなかった。

ただ、景色が見えた。

ビニールハウス群と大きな看板だ。

紳士と淑女のメモリアルハプニング
ホテル　ゴールドパピヨン新館　→２km

メモリアルハプニング…なんだそりゃ。

「電話した？」

おばさんの声が外でした。

「したよ！」

「ちょっと手伝って、二人ともまだ息してるの！」

それはいいことだけど、二人ともまた元のように歩いたり走ったりバイクに乗れるようになるのかな。一生障害が残るんじゃ？

「わかった！」

運転手の女性も外に出た。深月は除け者だ。

仕方なく外を見る。

ビニールハウスの向こうに民家が一軒。二階の窓から巨大なキャベツくんのぬいぐるみがこっちを見ている。

あたし、キャベツくんとなら同棲してもうまくやっていけると思うんだよね。でもキャベツくんが嫌がるか。

他の車やバイクも現れたらしく、おばさんと男の人が話す声がかすかに聞こえた。

そしてようやく救急車とパトカーのサイレンが聞こえてきた。

早い。病院、近くにあるんだろうか。それとも道路がすいていたのか。深月は別の方角も見たくなり、テープを元に戻して覗き穴をふさぐと、今度は身をよじって右側後ろの窓に手を伸ばした。爪でテープの端をめくり、指でつまんで少し剥がす。70メートルくらい先に固まって建っている数棟の民家が見えた。そのさらに向こうには雑木林。つまらない。深月はテープを元に戻した。

そろそろおばさんたちが戻ってきそうだ。深月は嫌だが、袋を被った。二人が戻ってきたのはそれから四、五分後だった。

「まったく、死刑にしてやらなきゃ、ああいうのは」

乗り込んでくるなりおばさんが吐き捨てた。ひき逃げした人間のことを言っているのだろう。そして深月に訊く。

「袋は取ってないだろうね？」

「取ってませんよ！　早く行ってくれません？」

深月は動揺を悟られぬようわざと声を尖らせた。

車が動き出した。

「あの…」

「なに？」

「駅まで、送ってくれるんですよね？」深月は確認した。

「そうだよ」

「漫喫はありますか?」

「あるんじゃないの」冷たい言い方だった。

「あるんですか、ないんですか」

「自分で探しなさいよ!」

怒鳴られて深月はびくんと大きく体を震わせた。涙が出てきた。

鼻をすするとおばさんが言った。

「あんたが自分で選択したことなんだから、自分で責任取らなきゃしょうがないでしょう」

「おばさんは最初からあたしのこと嫌いだったでしょう」

「別に」

「はっきり言ってよ、嫌いだったでしょ!?」

「なんなのよ、もう。こっちは忙しくてあんた一人の好き嫌いなんかどうでもいい問題なの!」

「それじゃ答えになってない!」

「嫌いだったよ!」

また怒鳴られてぎくりとした。

「反吐《へど》が出そうなほど嫌いだったよ。これで満足?」

深月は答えなかった。袋の内側に手を入れて涙を拭った。

◆

寺井は娘を奪い返す戦いに身を投じてから、なまっていた体を鍛え始めた。この戦いに勝つには強靭な精神力がどうしても必要だ。強靭な精神力を保つには、肉体の強化が不可欠である。

3キロから始めたジョギングは六日後には7キロにまで伸びていて、腕立て伏せと腹筋のみから始めた筋トレのメニューも大幅に増やし、普段使わない筋肉までいじめて鍛えないと気が済まない。少しでも手を抜くと桃代を取り返せないような気がしてしまう。

それに、トレーニングで筋肉を痛めつけている間は気が狂いそうな焦りと怒りがほんの少しだけ和らぐ、というか分散されて相対的にマシになる。これをやらないと本当に発狂してしまうだろう。

しかし何をしていてもスマートフォンは手の届く範囲に置いてある。もしかして桔香が狂いすぎてさすがに桃代が「もしかしてママはおかしいんじゃないの？」と気づいてパパに電話をかけてくるかもしれないし、アミーゴの誰かがＳＯＳを発した際に自分が何か情報を提供してやれるかもしれないし、逆になにがしかの情報を提供してくれるかもしれない。

俺はどんなに辛くても絶対に酒に手を出さない。親権を取り戻すのに飲酒の習慣は大きなマイナスだ。

客観的に誰が見ても妻よりも自分のほうがちゃんと子供を育てられそうだと思われる人間でいなくてはならない。自分だけがそう思って主張するだけじゃだめなんだ。健全な肉体と、さわやかで優しくて誠実そうな外見。これが大事だ。

中学高校はバスケットボール、大学生時代はマリンスポーツとスノーボードとジョギングにはまった。もともと体は丈夫だし、運動も大好きだ。

そんな自分が運動音痴の桔香を好きになってしまったのは人生最大の過ちのひとつだ。スポーツマンの自分は運動好きな社交性のある女性と結婚して家庭を持つべきだったのだ。

運動しない女なんかもう絶対に信用しない。運動しない女はメンヘルだ。かかわってはいけない。

「くそう！　くそうっ！」

怒りに突き動かされ、寺井は腹筋運動の速度を速めた。早くも筋肉の割れ目が浮き出てきつつある。

「うむっ！」

無理しすぎて腹筋が攣《つ》った。うつぶせになって静かに息をする。

一休みすることを自分に許そう。汗を流して、少しだけ休んで、残りのトレーニングプログラムを消化したら軽い食事をして、またアミーゴたちと交流しよう。

ゆっくりと立ち上がり、ブリーフを脱いで浴室に入る。

浴室には桃代が大好きなオレンジ色のアヒルのゴム人形がまだ置いてある。温《ぬる》めのシャワーを頭から浴び、頭にオリーブオイル石鹸をなすりつけて洗い始めた。だが、異変を感じてシャワーを止めた。両手に異常なほど大量の髪の毛がべったりとこびりついていた。

「…嘘だろ……」

怖くなるほど抜けている。

ストレスのせいだ。ストレスが俺の体を弱らせている。こんなに一生懸命鍛えているのに。このことはブログに書かなくては。

『**ストレスでついに大量脱毛**』というタイトルで記事を書いて投稿し、それからまたアミーゴたちのブログを見て回る。

ゆめかパパは『アルコールを遠ざける方法』という記事で、最近実践しているいくつか酒断ち法のそれぞれの効果と持続性を紹介している。

サクラダディーさんはまた酒におぼれてしまったことを猛烈に後悔している。ファイト西崎さんは裁判に向けて準備中にもかかわらず最近職場の女性から猛烈なアプローチを受けて戸惑っている心境をつづっていた。もはや女性を信じられないばかりか女性全体への憎悪が心の中に育っているという記述に寺井は共感し、その旨のコメントを残した。

ハンターKというアミーゴは二日ぶりに記事を更新していた。

『行動あるのみ』というタイトルだった。

もちろん仲間は大切だ。だが、パソコンの前で同じ傷を持つ者同士で傷をなめあっていても勝利は得られない。だから俺は行動している。具体的行動だけが、暗く出口のない世界を壊す。俺が休めばその分あいつは遠くへ逃げる。だから距離は決して開けさせず、詰めていく。あいつが時速70㎞で休み休み逃げるなら、俺は１３０㎞で、不眠不休で追う。そういうことだ。

この人の記事はいつも簡潔で、少し不穏だ。他のアミーゴと違って自分の境遇を語らない。だが恐るべき執念と冷酷を感じる。

確かにパソコンの前で同じ傷を持つ者同士で傷をなめあっていても勝利は得られな

いかもしれない。だが、それくらいしかできない状況なのだ。

ハンターKが起こしている行動とは何なのか。もしかして法の一線を越えたことだろうか。逮捕されるような事態にならなければいいが。

しかし、是が非でも子供を取り返したければ法を遵守していては無理なのかもしれない。なぜなら法が間違っているからだ、司法が腐っているからだ。法を守っていたら子供はどんどん遠くなる。

そのことを考え出すと、いてもたってもいられない。

法律が腐っている。法律はDV冤罪で子供を奪われた父親の敵なのだ。

気がつくと、いつのまにか悔し涙が顎の先から滴り落ちていた。

「……畜生」

寺井は吐き捨てて涙を拭うと、ハンターKの記事にコメントを残した。

記事を読みました。ハンターKさんの行動力に敬服し、同時に興味を持ちました。自分も行動したいのに今はがんじがらめです。こんな自分が情けないです。お時間あって気が向いたら（具体的な行動）についてご教示いただけたらと思います。

◆

『行動あるのみ』の記事にコメントがつきました。

記事を読みました。ハンターKさんの行動力に敬服し、同時に興味を持ちました。自分も行動したいのに今はがんじがらめです。こんな自分が情けないです。お時間あって気が向いたら（具体的な行動）についてご教示いただけたらと思います。

勝俣はウインドウを閉じて、スマートフォンをポケットに入れた。

十四時を三分過ぎた。ガラケーがメールの着信を告げる音を立てた。ケータイを開いて確認する。

着きました。いますか？

勝俣は返信する。

着いてる、服装教えて。

一分後に返信がきた。

グレーのコートに黒タイツです　寒い

寒いだと？　俺の知ったことか。勝俣は車から出て駐車場からパチンコ屋の正面に向かった。

グレーのコートに黒タイツの茶髪の女がいた。期待などしていなかったが、送ってきた写真とかなり印象の異なる、荒《すさ》んだ太った醜女だった。二十五といっていたが、ひいき目にみても三十五くらいだ。

会うまでにこぎつければ、男もヤリたいわけだし年齢詐称がバレても値段交渉次第だと開き直っている女は多い。

「ミカさん？」勝俣はさわやかな笑顔で話しかけた。「ひでとです」

「ああそうです、どうも」

女も笑顔になった。その瞬間目尻にすさまじい数の皺が浮き出た。三十五どころじゃない。絶対四十超えてる。

「大丈夫ですか？」ミカが訊いた。

「なにが？」

「あたしで」

実物を見て断られるかもしれないということは、少しは考えていたらしい。

「もちろん。じゃあ寒いんでホテル行きましょう。あ、おなか減ってたりしません？お昼食べました？」

「あ、まだ…」

「じゃあコンビニ寄りましょう、おごります。ところであの、シングルマザーさんですよね？」

「ええ、そうよ」

「よかった、確認しときたくて。変人に思われそうだけど、僕、シンママさん好きなんですよ。優しい人が多いから」

「ひでとさんも優しそうな人でよかった」


ミカおばさんは洋食弁当とチョコクリームパン、それにおまけの缶ビールで上機嫌になっていた。よほど腹が減っていたらしい。

「しばらく休んでていいですよ。浴室で写真を撮りたいからお湯を張ってきます。お湯はぬるめだけどいいかな？　熱いと湯気でレンズがくもっちゃうから」

「いいよぉわかったぁ。なんかおなか一杯でお酒も飲めてしあわせぇ～」


限りなく零度に近い水を張った浴槽に叩き込まれたミカおばさんは心臓麻痺を起こしかけた。

勝俣はミカの垂れた乳房を踏みつけて浴槽にきっちり五秒沈めてから髪の毛を掴んで浴槽から引っ張り出し、冷水シャワーを浴びせた。ミカはおごってもらった弁当と菓子パンとビールを全部戻した。

八分後。勝俣は尋問中だった。

「お前さぁ、どうせ俺の気が済むまで絶対帰れないんだから、俺の質問全部に丁寧に答えろよ、いいな？」

「はい」

「今日が人生最悪の死ぬまで忘れられない一日になるか、十年くらい経てばなんとか忘れられる程度の一日になるか、お前次第だからな」

ミカが頷いた。

「お前、同棲相手とか旦那にＤＶ受けたことあるか？」

「はい」

「ＤＶの避難所に入ってたことはあるか」

「…あります」

勝俣は指を引き抜いて間髪いれずに自分のものを乱暴に押し込み、腰を使い始めた。

「いつのことだ」

「三年くらい前です」

「どこだ、それはどこにあるんだ」

「場所はわからないです」

「入ってたのにわからないのか」

「目隠しされて連れて行かれて、避難所は窓もなかったし、どこにいるか全然……」

勝俣はミカの顔に頭突きを食らわせた。

「そんなことはわかってんだよ！」

勝俣はものを引き抜くと、ミカの髪の毛を掴んでベッドから引きずり下ろした。

「もう一度水風呂ダイブするか」

「やあああ！」

抵抗してもパワフルに引きずっていく。

「水風呂がいやなら真面目に答えろ」


二時間後、尋問はまだ続いていた。

「今度は職員について質問する」勝俣は宣言し、ノートのページをめくった。

「十二日間の滞在中に接触した職員全員について記憶していることをすべて俺に話せ。嘘をついたり何か隠していると感じたら…俺は拷問のプロだぞ」

「……なんていうか、そのヨシさんていう人もトミさんていう人も、入所者と同じくらいわけありな感じで、不幸そうでした。特にヨシさんは男性に対する憎しみが強い人でした。あたしは、旦那は人間の屑だけど、まともな男性は世の中にたくさんいると思っていたけど、ヨシさんはあたしの考え方を頭から否定しました。多分、ヨシさんは男性が憎くてたまらないからこの施設の職員してるのかなって思いました。話聞いてるうちにこの人は世の中の男たちとの戦争でもしているかのような気持ちなんだろうなぁって思ってちょっとついていけなくなって、だけど真面目に聞いてるふりをしなくちゃいけなくて、それが大変だったです」

「そのＮＰＯと連携している田中っていう女性弁護士さんは、まだ三十くらいでけっこう美人なんですけど、男性に対する敵意の強さは、職員の人たち以上に凄くてびっくりしました。美人だしモテそうなのになんでこんななんだろうって不思議に思いました。避難所にいて離婚調停とかを進めるには必ずその田中弁護士さんにお願いしないといけなくて、避難所に入る前に契約していた弁護士がいてもそれを解約して田中弁護士と新しく契約しないとならなかったです。あたしはあんまり好きじゃないっていうか嫌いな人だったんですけど、何人かの入所者は熱心なファンていってもいいくらいにその弁護士さんを崇拝してました。実際、すごく有能らしくて、接近禁止令とかすぐに取り付けてくれたそうです。一度、田中さんが施設内にゲストとしてやってきて入所者たちにこれからの生活のための心得みたいなことを話したんですけど、

（男は基本、臆病で卑怯者で邪悪）とか（裁判とは正義を実現する場ではないの）とか（裁判官は私のいいなりで、絶対に逆らえない）とか他にもいろいろと強気な発言をして、なんか怪しいセミナーぽいなって感じてきました。凄く頭良くて美人だけど、異常に冷たくて傲慢な感じで、自分の自慢話も多くて。しまいには父と同じ東大理三に入った兄のこととか関係ないことまで話し出して……だんだん気分が悪くなってきたからあたしはひどい頭痛がするといって途中で出て部屋に戻りました。ヨシさんから（あんたも先生に頼んで接近禁止令出してもらったら？）って一度言われたけど、断りました。なんか、あの弁護士とはかかわりあいになりたくないっていうか…」

「その女弁護士の顔は覚えてるな？」

「あんまり…顔見たくなかったんで…」

「俺には絵心がある。お前の証言を元に似顔絵を描く」

似顔絵を描き終わったのは、入室してから四時間四十三分後だった。

「よし、尋問は終了だ。奉仕しろ」

たっぷり三十分ほどかけて床に吐くまで口と喉で奉仕させ、その過程を４００カットほど撮影した。それからいつものように女の財布から免許証などの身分証を抜いて写真を撮り、六千円を抜き取って「しばらく借りるぞ」と断り、五分で出かける支度をさせた。

　駐車場に止めてあるミカの車まで来ると、勝俣は「なぁミカ」と話しかけた。ミカがぎくりとして振り向くと勝俣は言った。

「俺みたいな怖い男に会うことは多分この先ない。だから安心してこれからも売春を続けていいぞ。今日はついてなかったんだ。これからはたぶん上向きになる。そう思って今日のことは振り返らずに生きろ、いいな」

　ミカはうなずき、「もう行っても、いいですか?」と訊いた。

　勝俣は何か言い忘れたことや訊き忘れたことがないか考えた。

「お前、おりものが多かったけど、性病じゃないだろうな」

「違います。先月検査したんで、それは大丈夫です」

「そうか。まぁ嘘だったら殺すだけだけどな。そうだ、ひとつ、お前に言っておく」

「はい」

「お前の敵は男じゃない。お前の敵はおまえ自身だ」

「……」

「あと、フェミニストとはかかわるな。奴らはお前の被害感情を煽って男に対する恐怖と憎しみでがんじがらめにしてから、奴らの都合いいように利用するだけだ。奴らは本物のきちがいで、テロリストより始末が悪い。かかわったらしゃぶられまくって人生をめちゃくちゃにされるぞ」

「……わかりました」

「わかったらさっさと失せろ。年齢詐称の売春くそばばあが」

ミカはあわてて車に乗り込んだ。勝俣はリアウインドウに唾を吐きかけ、「今度俺の視界に入ったら一秒で殺すぞ」と吐き捨てた。そしてにかっと歯を見せて笑った。

腕時計を見ると次のシングルマザーとの待ち合わせ時刻まであと四十分ほどあった。自称二十七ということだが、はたしていくつサバよんでいることやら。

いい加減うんざりする。暴力もルーティンになってやや飽きてきた。しかし、情報収集をやめるわけにはいかない。

待ち合わせ時刻までの四十分の間に例の出会いサイトにアクセスして、シングルマザーカテゴリーの中から自称二十六の女にコンタクトし、何度かメールをやり取りした。「とにかく年上の優しい紳士な人がいいです」と女はプロフィールに書いていた。おそらくこいつもＤＶ経験者だろう。

勝俣は高額なギャラを提示してその女と明日の午後に会う約束を取り付けた。

「安出会いマシンか、俺は」

自嘲的な言葉が口からこぼれ落ちた。

◆悪魔の洗脳弁護士情報

夜九時にアミーゴであるハンターKがまた記事を更新していた。これもまたアミーゴ限定記事である。よってアミーゴ以外の者は読めない。

寺井はさっそく記事を読んだ。

どこでどうやって手に入れた情報なのか、彼はDVシェルターにかつて入っていた女性と知り合い、そこで出会った女性弁護士に関する詳しい情報を仕入れた。そればかりか女性の証言を元に似顔絵まで作成したそうだ。

勿論、彼を信じているが、田中という女性弁護士のディテールには説得力があった。これが全部妄想だったら作家になれる。

そこそこ美人、頭が良い、挫折経験がほとんどない、父と兄が東大理三であることにコンプレックスを抱いている、裁判官は自分のいいなりと豪語する、接近禁止令を取るのがやたらと早い。特徴を読めば読むほど殺意が募る。

似顔絵はサインペン一本で描いたらしい。ハンターKには確かな絵心がある。

こいつがか弱い女性の味方という、見てくれのいい仮面を被って、人格障害女とかかわってしまった男性から子供も財産も奪い取るテロリストか。

「……死ねよ」寺井は吐き捨てた。「というか俺が殺す」

◆

店内にカレーやから揚げやピザやタバコなどの臭いがこもっていて吐き気を覚えたので一瞬やめようかなと思ったが、苦労してわかりにくい地図（地図なんて全部わかりにくいのだが）をたよりにこの店を見つけ、今から他の店をさがす体力はなかったし、あったとしても嫌なので深月はカウンターでパソコンを使える個室を頼んだ。どんなに狭くても、壁が薄くても、プライバシーがあるって本当にすばらしい。一人でいればいじめられることはない。

スマートフォンを充電しながら深月はカウチの背もたれを倒して目を閉じた。このまま三日間くらい眠り続けられそうだ。

と思ったが三十分も経つと今はとにかく金を得なくてはという焦りが疲労に打ち勝ち、コーラを飲みながらスマートフォンでネットにアクセスした。

深月はパソコンが使えない。使ったことがない。それなのにパソコン個室を頼んだのは、なんとなくである。

まずはこの山梨県から出たい。それが最優先だ。そのための金を作らなくては。夜行バスで脱出だ。

気は進まないが、あれをまたやろうと決めた。久しぶりにログインする。


かめもで♪

モデルしたい女の子と撮影したいカメラマンが集うコミュニティサイト
※18歳以下の利用禁止

以前は自撮り写真を使って「**モデルしちゃいます～ん**」でカメラマンを募集していたのだが、今は自分の写真を晒すのは危険が大きい。ＤＶ馬鹿男が偶然目にする可能性がないともいえない。

なので今回は「**モデルっ子募集しま～す**」の中からまともそうなカメラマンを見つけてこっちからコンタクトする作戦だ。

１「フェチサイトのモデルさん募集」
２「制服パンチラモデルの募集です」

3「ソフトなSMモデルさんいませんか」
4「高額日払い可能　初心者も歓迎」
5「一緒に作品創りできる意識の高いモデルさんを探してます」
6「顔バレなしのアダルト撮影します」
7「雑誌デビューへの近道　登録無料」
8「フォトサークル・トップクリエーション登録モデルさん新規募集」
9「個人撮影モデル募集」
10「あなたのできる範囲でモデルしてください」
11「読モからストリートから世界に向けてトレンドを発信する！　フォト&おしゃれサークルジュエルガールズ第3期モデル大募集しちゃいます♪」

一週間以内に投稿された募集は以上だ。これより前に投稿された募集に応募しても返信がくる確率は低い。それは経験からわかっている。

深月は、十一名の投稿者全員に同じ文章でコンタクトメールを送りつけた。

「カメモデみました。興味あるので詳細お願いします」

飲み放題ドリンクバーでコーラを注いで個室に戻ったら、さっそく返信メールがきていた。幸先いいかもしれない。

2「制服パンチラモデルの募集です」の「ハシモトとおる」からだった。

募集文読んでないのに応募してくるな、クソモデルが！

なにいきなり怒ってんの、こいつ。

2「制服パンチラモデルの募集です」の募集文をタップする。

はじめまして。可愛くてセクシーな制服パンチラROM写真集づくりに協力してくれるモデルさんいませんか？　18～23くらいでセーラー服の似合う方。応募の際には必ずお名前年齢身長3サイズと顔写真と全身写真をそれぞれ一枚添付してください。謝礼についてはメールで相談しましょう。

つまりこいつは、あたしが名乗りもせず年齢身長3サイズも教えず、顔写真と全身写真も添えずに応募したから怒ってるわけか。

だったら無視すりゃいいじゃん、わざわざクソモデルとか言ってくるなんてひまな変態おやじだ。

「死ね」と吐き捨てたらまたハシモトとおるからメールが届いた。

悪いと思ったんなら誠実に対応しろ。プロフと写真送れ。

なんなのこいつ⁉　何様のつもり？

深月はハシモトとおるに「あんた死んでいいよ」メールを送りつけてからブロック

した。

幸先、全然よくなかった。

カウチにもたれて目を閉じ、他のカメラマンからの接触を待つ。

約二十分後、５「一緒に作品創りできる意識の高いモデルさんを探してます」のプログラファー猿からメールがきた。

メールありがとうございます。好きな写真家とかいますか？　ヘルムート・ニュートンをどう思いますか？

さっきとは違う意味で「なんだお前？」であった。ヘルムート・ニュートンてなんだよ。

よくわかりません。好きな写真家は私を綺麗に撮ってくれる人です。いつ撮影できますか？

と返事した。四分後返信がきた。

あなたみたいな意識の低い金しか頭にない、名乗りもしないクズな腐れ自称モデルは応募してこないでください。サイト運営者に通報しました。

「なんなのこいつ⁉」

むかついたが返信するほどヒマ人ではない。こいつもブロックだ。

またメールがきた。誰からだ？

ブロックしたな！　プロフと写真送らないつもりか、ケータイアド晒すぞ。

ハシモトとおるが別アドレスから送ってきたのだ。こいつは狂ってる。お前なんか要らないんだよ！

そのアドレスもブロックして、少しでもまともで金もくれるカメラマンからのコンタクトを待つ。

三時間経ったが、成果はゼロだ。10「あなたのできる範囲でモデルしてください」のカメラマンはまともそうだが、会社勤めなのか週末しか撮影できないとのことで、となると交渉しても無駄だ。

1「フェチサイトのモデルさん募集」のカメラマンは「陰毛バターかけご飯食べられますか?」というメールを送ってきて気持ち悪いので無視した。

6「顔バレなしのアダルト撮影します」のキューティーバニーというふざけた名前のカメラマンは「乳首と局部の写真を送ってください、それで撮影するか判断します」というメールを送ってきたので、保留している。

このサイト、すっかり過疎《かそ》ってる。今はインスタの時代なのだ。でもインスタに顔は出せない。

腹が減った。ドリンクの砂糖ですらない化学糖分だけで生き長らえてる状況はつらすぎる。

深月はキューティーバニーにもう一度メールを送った。

撮影ってすぐできますか？　今夜とか。すぐ撮影できるなら乳首と局部の写メ送れます。

六分後に返信がきた。

急な撮影でも対応できるよ〜。車ないなら迎えにいくよ。

あとオプションはどんな感じ？

やっぱりそれか。まぁ、それなしってのはまずないとわかっているけど。

ゴムつき本番の撮影なら2時間三万です。手と口だけなら2・5万欲しいです。

送信して、待つ。四分で返信がきた。

急な撮影ならもう少し安くなりませんか？　ゴムつき本で2・7は？

深月はため息をついた。すぐ撮影したい↓金に困ってるとバレる↓足元見られ値切られる、のパターンだ。しかたない。こいつと決裂したら一円も手に入らないのだから。

わかりました。それでいいです。でもこれ以上は下げられません。

送信して、返信を待っている間も別のもっとよさげなカメラマンからメールがくることを期待したが、なかった。

返信がきた。

オーケーです。これ以上は値切りません。乳首と局部の写真を送ってください。その際、以下の点を厳守してください。乳首も局部も必ずあなたの左手人差し指でそこを示してください。ネットで拾った画像でごまかされないための用心です。それを見て合格ならすぐに返信します。

深月はさっきよりさらに大きなため息をついた。

まぁ、しかたないか。

でも、これが最後だ。もう一生こんなことしない。

あ、防犯カメラは⁉

よかった、ない。この店は個室カメラついてないんだ。ラッキー。

シャツを脱いでブラを外して左乳首を撮り、タイツとショーツをずり下げて局部を撮る。局部は前の男の熱烈な要望で毛をすべて剃り落としたが少し生えてきていた。

これで写メ送ってそれっきりだったらマジで殺す。

写メ送ります。ＯＫだったら大月駅南口ロータリーで待ち合わせお願いします。10時半とかこられますか？　あとお金は前払いでお願いします。

送信したら、三十秒で返信がきた。と思ったら、違う男からだった。

掲示板にアドレス載ってたのでメールしました。今から2でどうですか？

なんだこいつ？

もしかしてさっきのハシモトとおるが本当にあたしのアドレス掲示板に晒したのか⁉　最悪！　どんだけヒマ人なんだバカ野郎！　何が2でどうですかだ、どうせ冷やかしだろ、無職のひきこもりが。

「早く…」

キューティーバニーからの返信が待ち遠しい。変態だし金で人間を買う男だけど、山梨脱出の鍵を握っているのは今、この変態なのだ。

返信が遅い。他の女とも交渉してるから？　そいつの乳首局所とあたしの乳首局所見比べてどっちにしようか検討してるのか？（こっちの方があんまり使われていなさそうだ）とか考えているのか？　だとしたらお前ほんと最低！　だけどあたしを選んで欲しい。選ばれたい。絶対にあたしの方が困ってるんだから…。

「もっとちゃんと撮ればよかったかな」

遂に思考がそのまま口から漏れ出た。スマートフォンでさきほど撮った自分の乳首と局部の写真を改めて見てみる。よく確認もせずに送ってしまった。改めて見ると、天井のライトのせいか、色が悪い。なんか汚く見える。中途半端に生えてきている陰毛もちくちくした感じだ。実際ちくちくしているが。

どうしよう、ライバルがオークション慣れしている中年女で、すごい色艶良い乳首局部写真を送ってキューティーバニーの気持ちがそっちに傾いていたら。

「もういっぺん撮り直した方がいいかな」

口に出すと、そんな気がしてきた。

一回送るも二回送るも、おんなじだから。ライバルがいるんなら熱意をアピールしないと。

「よし」

深月は思い切ってハイソックスだけ残して全裸になった。そしてスマートフォンのカメラのホワイトバランス設定を変えたらすごく色が良くなった。さっきもこの設定で撮ればよかった。

乳首は少し刺激して丸く膨れた状態で、局部は左手の指で少し陰唇を広げた状態でそれぞれ撮影し、サービスでベロをちょろっと出したエッチな口元の写真もつけてやったら喜ぶかもしれない。でも顔写真は送らない。それは最後の切り札だ。

結局二十枚ほど撮ってから服を着て、よく撮れてるカットを選ぶ。こうしている間もキューティーバニーからの返信はない。もう他の女に決めてしまったのかもしれない。だとしたらこんなサービスは意味がない。でもまだ決まっていないなら…。

渾身の三カットを添付してテキストを、精一杯の早さで入力する。

さっき送った写真がなんかいまいちだったので撮り直しました。これ見ていいかも

と思ったら撮影お願いします。返事待ってます。

「頼むよ、マジで」

送って祈る。個室から出るとドリンクバーでオレンジジュースを汲んで戻り、糖分補給する。

ひどい状況だけど、こんなんでもあのDVシェルターよりいい。プライバシーがあって好きなだけジュースが飲める。きちがい意地悪女も、絶対にあたしがこの中で一番不幸ですみたいな自己アピールウザ過ぎ女もいない。そりゃあたしもクズ暴力男は本当に憎らしいし死んで欲しいけど、だからってそのことばっかり考えたりしゃべってる女たちの群れの中になんかいたって幸せになれるわけないじゃん。助け合ってれば別だよ、でも助け合ってないじゃん。

こい、キューティーバニー、二度もサンプル写真送ってくれる女なんていままでいなかったでしょ？　すごいサービス精神でしょ？

返信よこせ、変態バニー、早く！

どうしよう、こない。きっともう他の女に決めちゃったんだ。あたしはこの漫喫から出られないんだ、ここが人生の終点なんだ。だって何のあてもなくここから出たら野垂れ死に確実だもん。

なんか、こうなるずっと前からあたしの人生ちょっとずつ終わってた気がする。どこかで思いきって路線変更しとけばよかったのにしなかったからだ。いつ路線変更すればよかったんだろう。

ブーッ！

メールきた！　変態バニー？

やっぱりバニーだ！　やったぜ！

追加の写真までありがとうございます。とても熱意のある方なんですね（笑）

そうだよ、あたしは熱意の女なんだよ。

それでは10時半に大月駅南口ロータリーで待ち合わせしましょう。一応名前と、どんな服装か教えてください。

そうか、そういえばまだ名前を考えてなかった。本名を使うのは論外なのでなにか適当なものを……。

あゆでいいや。

名前はあゆです。薄いピンクのフェイクファーコートにグレーのミニスカートに黒いタイツです。待ち合わせ場所で見つけられないといやなのでケータイ番号交換できますか？

送ったら一分で返信がきた。

ケータイ番号は無理です。どうしてもとなると撮影はできません。

ケータイ番号がわからないとなると、最悪タダでレイプされたり殴られて顔が戻らないくらいに変形させられても相手がどこの誰か突きとめようがない。殺されでもしないと警察は動かない。だからお金に余裕があったらケータイ番号を教えたがらない男なんかと待ち合わせしてホテルに行くようなことは絶対にしない。

でも今は、状況が半端なく余裕ない。多分、この人変態だけどそんなに悪い人じゃないと思う。男だってどれだけ信用できるかわからない女にケータイ番号教えたくない気持ちはわかる。

わかりました、ならケータイ番号はいいです。今から待ち合わせ場所に向かいます。よろしくお願いします。

あたしはあんたを信用するよ、だってそうするしかないんだから。だからすっぽかしだけはやめてね、マジで。

送信して、「よし」と気合を入れ、待ち合わせまでの中途半端な時間を水分及びカロリー摂取と休息に当てることにした。

◆

岡山市にある桔香の実家には、何度電話をかけても繋がらない。とっくに着信拒否登録されているのだ。

　ということはすでに二人は岡山にいるのか。それとも桔香の両親が桔香から話を聞いて鵜呑みにして「あいつがそっちにいくかもしれないから気をつけてね、電話にも出ちゃだめだよ」と言われたか。

　もしかして、桔香は計画段階から両親にすべて話していたのだろうか。いい夫婦だと思っていたのに…俺を騙していたんだ。

　てめえの娘の話だけ鵜呑みにしやがって、俺の話を聞かないつもりか。七十超してるくせにてめえらの人間レベルはその程度か。おまえらの娘がどこかおかしいことくらい育てていたんだからわかるだろ。

　殺されてえのかジジババ！

　温厚な俺はここまで怒らせるなんて、おまえらどれだけ異常なんだ。

「マジで殺されたいのか、おまえら。しょうもない女産みやがって」

　また悔し涙が溢れてきた。なんでこんなに泣かなきゃいけないんだ、泣きたくなんかないのに。

　寺井はティッシュで涙を拭ってまたパソコンに向かい、記事を猛烈な早さで書き上げた。

『誘拐してでも、と思う気持ち』

今この瞬間も戦っているアミーゴの皆さん、こんばんは。日本の司法は狂っている、と何度書いても書き足りません。

妻の両親は妻の話だけを鵜呑みにして私からの電話を着信拒否しています。これが70を超えたいい大人のやることでしょうか？　私たちの人生の先輩とは、実はこの程度なんでしょうか？　いい人たちだと思っていたのに、今では吐き気がします。

今、娘を誘拐してでも取り返したいという気持ちが湧き起こって、いてもたってもいられません。

実際、妻は娘を誘拐しました。

誘拐しておきながら私から暴力を受け、娘にも危害を加える恐れがあるからと嘘をついたのです。

ならば、父親である私が娘を誘拐し返して何がいけないのでしょうか。誘拐したら逃げ続けるのです。そして三ヶ月くらい経てばたとえ警察に捕まっても親権は私のものになる可能性が高いと思います。なぜなら日本の腐れ司法は（子供の幸せを第一に考えていて、生活能力よりも子供と一緒に長く居た方に親権を与える）というトンデモない主張をしています。つまり子供を連れ去った者が勝ちなんです。いったいどういう国なんですか、この日本は。

子供の写真をスマートフォンに何枚も入れて子供が起きる何時間も前に起きて満員電車に乗り、昼飯時に必ず子供の写真を見て英気を養い、夜遅くまで理不尽なクレームやらクライアントからの無茶かつ一方的な修正やらに対応してストレスを溜めまくり、帰りはまた満員電車、痴漢冤罪に巻き込まれるんじゃないかとひやひやしながらどうにか地元駅に帰り着き、とっくに寝てしまったわが子を起こさないようそっとキスする。

なぜこんなにも頑張るんですか？　子供を愛しているからに決まっているでしょう！　愛しているからここまでできるんです！　それを頭のおかしな裁判官どもは「子供の幸せを第一に考えなければいけない」などとほざきます。

じゃあ誰が家賃を払い、子供を学校に通わせ、習い事をさせ、遊園地に連れて行くお金を工面するのですか？　国や自治体が払ってくれますか？

すみません、憤りのあまりキーを打つ両手が震えてきました。酒の禁断症状ではありません。でも書くのがちょっとつらくなってきました。

とにかく私は今、娘をさらってでも取り返したいです。その前にはまず妻の居所を突き止めなければならずそれが至難の業なんですが。

最後までお読みいただき、ありがとうございます。

※左翼腐れ脳フェミニストや自称ＤＶ被害者を騙る頭のおかしな女からの中傷及び煽りコメントや、いやがらせ目的の連続「ぺったんこ」は要りません。悪質なコメントには即座に法的に対処いたします。また当然ですが、この本記事の無断転載、無断引用は見つけ次第通報し、法的処置を取ります。

体の各所に筋トレの成果があらわれてきたのは良いが、運動しないと眠れない体になってしまった。腹筋五十回４セットと、寺井がダンベルパンチと名づけた文字通りダンベルを持ってのシャドーボクシングを行う。そうしている間も勿論スマートフォンは傍に置いてある。

ブブブっとスマートフォンが震えたので寺井はダンベルをベッドに投げ捨てて飛びついた。

アミーゴからのお知らせ　ネバーギブアップさんからあなたにダイレクトメッセージが届いています。

寺井はベッドにどすんと尻を落として、自分のブログにアクセスしてメッセージを開いた。

ＴａＫｅ様はじめまして、突然のメッセージを失礼いたします。ＴａＫｅ様の『誘拐してでも、と思う気持ち』を読み、あまりにも今の私の気持ちと似通っているというか、同じだったので、思わずこんな時間にもかかわらずメッセージしてしまいました。コメントではちょっと差しさわりのある内容なので、いきなりで失礼とは思いつつダイレクトメッセージを選びました。

結局、この国では子供をさらった者勝ち、逃げ切った者勝ちという腐った現実には私も抑えきれない激しい怒りを感じています。

そこで、いきなりこんなことを切り出したら頭のおかしな奴だと思われるかもしれないと思いつつも、ＴａＫｅ様なら理解してもらえるかもしれないというアイデアがございます。

それは奪還協定というものです。

「奪還協定？」

たとえば、ＴａＫｅ様と私が奪還協定を結んだといたします。そしていつのことかわかりませんが、あなたや私が、妻と子供の居所を突き止められたとします。当然、子供の連れ去りを考えますが、一人で決行するには難しい状況であったとします。そんな時、協定相手に子供奪還への協力を求めることができるのです。一人より複数の方が成功率が高いと思います。たとえばあなたが子供を担ぎ上げて走り、私が追いかけてくる奥さんに偶然を装ってぶつかり足止めを食わせるとか、簡単に言えばそういうことです。あるいは、私が娘さんをさらってあなたが待っている車まで連れて行くこともできます。接近禁止令が出ている場合とか、連れ去りに対する奥さんの警戒が強い場合などには、それもありだと思います。

……なるほど。

このような子供奪還時に協力を求められるのは、同じ苦しみを抱えた仲間以外にはいないと思うのです。探偵やよろずやみたいな金で動く連中よりはよほど信頼できると思うのです。また高齢の父母に頼むのは「やめろ」と説得されたり体力的に頼りにならないと思います。いかがでしょうか？

私は埼玉県に住んでおりますが、もしもＴａＫｅ様の娘さんが埼玉県で発見されたら私に連絡いただければ、喜んで娘奪還に協力いたします。埼玉県以外でも構いません。それで引き裂かれた親子が一組救われるなら少しくらい怪我したって構いません。成功報酬も要りません。子供が異常な母親から父親の元に戻れる。本当の正義が実現する。これこそが何よりの成功報酬なのです。万が一警察に捕まったって、絶対にしゃべりません。知らぬ存ぜぬで通します。自白以外に検察が誘拐幇助《ほうじょ》を立証するのは困難をきわめるでしょうし、その自白すらも得られないのです。

それと同様に、私の妻と娘がたとえば栃木や群馬や長野など、まぁどこであろうと、発見されたら、ＴａＫｅ様に娘奪還のお手伝いをしていただきたいのです。勿論でき

る範囲で構いません。さすがに妻を刺してくれなどとは頼めませんし（笑）
それが奪還協定です。いかがでしょうか。ご検討の上、ご連絡いただけたら大変うれしく存じます。
それでは長文乱筆失礼いたしました。

読み終わり、額に手を当ててベッドに倒れた。放り出したダンベルに後頭部をがつんとぶつけた。

「いてえっ！」

頭を抱えて一分ほど唸った。

ダンベルのベッド放置は禁止だ。痛みが少し引いてくると起き上がり、メッセージを連続三回読み返した。

奪還協定。

実質は誘拐幇助である。探偵やいわゆるよろずやはこんな危険な仕事をやりたがらないだろう。それでも頼むとしたら相当な高額を積まねば動くまい。そいつを信頼できるかどうかも不明だ。かといって七十歳近い自分の両親に手伝わせるのも無理がある。プランを話せば「気でも狂ったか」と説得されるだろうし、仮にこちらに協力させることができたとしても両親ともに体力も視力も衰えまくっている。

だが同じ境遇のアミーゴなら？

協定を結んでいれば交通費程度で協力してもらえ、しかも妻にも娘にも面割れしていないから接近も容易だ。

自分は近づけばバレてしまう。

考えれば考えるほど奪還協定はいいアイデアのような気がする。勿論、協定を結ぶ相手が信頼に値する人物かを会って見極める必要は絶対にある。会って、信頼できるとなれば、これ以上ない頼もしい味方になる。

寺井はまだずきずきと痛む後頭部を左手で押さえながら椅子に座ってパソコンを起動し、ネバーギブアップ氏への返信メールを作成した。

ネバーギブアップ様
メッセージをありがとうございます。何度も読み返しました。大変心を動かされました。そして非常に有意義な協定だと感じました。確かに子供を連れ去るような思い切った行為は、同じ境遇で苦しむ仲間にしか協力を頼めないと私も思います。
そこでいかがでしょう、お互いにまだ妻子の居所はつかめていないにせよ、いつかは必ずくるその日のために、一度リアルでお会いして正式に協定の細部について話を詰め、信頼関係を構築しておくというのは？
私は現在、山梨に住んでおります。お互い離れたところに住んでおりますが、会う

ことは勿論可能です。私は自由業ゆえ曜日の縛りはほとんどありません。ご検討願います。

メッセージを三度読み返してから送信した。

どんなにつらくても、停滞してはいけない。停滞して時間がいたずらに流れたら、それは後退なのだ。後退とは娘が遠くなるということだ。

それを許してはならない、絶対に。

仲間は必要だ。励ましの言葉を掛け合うだけではない、本当の力を貸してくれる仲間が。一人では戦えないし、勝てない。

お互いが仲間のために、人格障害誘拐女と腐った司法の極悪コンビと戦う。すばらしいことではないか。

この輪がもっと広がればいい。

浅い眠りを着信音に妨げられた。それが桃代からの電話だったら大歓迎だが、そうでないとただの睡眠妨害である。

ハンターKさんがあなたのコメントへ返信しました。

ハンターKか。こんな時間に、とも思ったが返信がきてうれしいのは確かだ。

コメントをありがとう。悪徳洗脳弁護士の記事も読んでくれましたか？　これからも俺は猟犬よりもしつこくＤＶシェルターや悪徳弁護士の情報にくらいつき、その情報を仲間とシェアしたいと思っている。だからあなたも情報があったらくれ、どんな些細なものでもいい。いたずらに嘆き悲しんで時間を浪費することだけはやめよう、友よ。


「……男だ」

まるでハードボイルド小説の主人公みたいだ。かっこいい。

ふと、この男にならゝ奪還協定のことを話してもいいかもしれないと思った。というか、話すべきだ。何か有益なアドバイスがもらえると思う。

◆

勝俣が次に出会った自称二十七歳のシングルマザーは四十二歳だった。しかもＤＶシェルターに入った経験もなく情報価値ゼロだったので軽く腹を蹴飛ばして有り金三千円を取ってすぐにホテルを出て、駅前のビジネスホテルにチェックインした。

シャワーを浴びて、レッドブルとタバコを交互に味わいながらアダルト投稿サイトに『年齢詐称くそばばあに正義のチン棒喉突き拷問制裁したったぜ！』の記事に添付する写真をアップロードし終えたら、スマートフォンが着信を告げた。

アミーゴＴａＫｅさんからメッセージが届きました。

勝俣は両足を机の上に乗せ、レッドブル片手にスマートフォンでアミーゴのサイトにアクセスしてメッセージを開く。

コメントへの返信ありがとうございます。あらためてハンターKさんは男だな、と思いました。ところで、ハンターKさんにひとつ、聞いていただきたいことがございます。私もついに、小さいながらも一歩前に進むことになりました。

奪還協定か。この男もようやく本気でこの国の腐った法律と戦う気になったようだ。返信してやってもいいが、その前にアップロードした写真にキャプションをつけないと。

机から足を下ろし、くわえタバコをふかしつつキーボードに向かう。

いざチン入開始。

亀頭ですでにつかえております。

ばばあの目尻皺に注目ｗｗ
ここからがホントの拷問ですぜダンナ
15センチ入ったかな？　下顎限界ぽい
隙間からゲロがどぴゅ！　の放送事故（爆）
本格ゲロ第一波、おごってやった飯がぁぁｗｗｗ
これがいわゆる粗メスの末路ってやつじゃないでしょうかね
しめくくりはもちろん土下座です。

キャプションをつけ終わると記事を公開した。

それと入れ違いのようにさきほどからメールで交渉していたヌードモデル希望女からメールが届いた。

さっき送った写真がなんかいまいちだったので撮り直しました。これ見ていいかもと思ったら撮影お願いします。返事待ってます。

勝俣の口元に笑みが浮かんだ。

この女、必死だ。もらえもしない金に食いついてきた。体も若い。おそらく二十代後半だろう。リストカット痕も産後に残った妊娠線もない。顔はわからないが、この体なら多少ブスでも合格としよう。

息抜きは必要だ。ばばあでない、若い体による息抜きだ。

再びグラスを手に両足をデスクに乗せ、スマートフォンで女に送るテキストを入力する。

追加の写真までありがとうございます。とても熱意のある方なんですね（笑）
それでは10時半に大月駅南口ロータリーで待ち合わせしましょう。一応名前と、どんな服装か教えてください。

送信してから今度はＴａＫｅに返すメールを入力する。

◆

規則正しい生活を取り戻そうと思ってはいるが眠れないので、寺井はまたネットにアクセスした。精神的なガス抜きのためによく閲覧する画像投稿サイトに、またしても**RAGE-44MAGNUM**が投稿していた。

年齢詐称くそばばあに正義のチン棒喉突き拷問制裁したったぜ！

今回の投稿もなかなか凄い。バカ中年女にガツンと制裁を加えていて、抜くにはちょっとグロテスクすぎるが溜飲が下がる。記事更新のハイペースぶりにも敬意を表したくなる。

普段何をやって生計を立てているのだろうか、このRAGE-44MAGNUMは。詮索するつもりはないが、この調子でがつんがつん邪悪な女を葬っていって欲しい。少なくとも俺はこのスケベな悪のヒーローを応援する。

もっとやれ、殺しても俺は構わない。痛めつけて障害者にして年金をくれてやるくらいならいっそ殺した方が世の中のためだ。

キーボードの脇に置いたスマートフォンが着信音を鳴らした。

ハンターKさんからメッセージが届きました。


奪還協定ですか。実は俺も考えたことあります。しかし、よほど信用できる仲間でないと頼めないことだし、基本一匹狼タイプなので、考えただけで終わりました。でもＴａＫｅさんとネバーギブアップさんがいい信頼関係を構築できること祈ってます。俺も少し興味あります。時間と会合場所がＯＫなら俺も参加してみたいです。


「……マジか」

一匹狼のアグレッシブハンターKが興味を示している。彼が仲間になってくれれば実に頼もしい。さぞかしエゴとアクの強い人間なのだろうが、同じ目的のためなら協力できると思う。さっそくネバーギブアップさんに相談してみよう。

幸いメッセージを送って二十分くらいで返信が届いた。

こんばんは。そうですか、私はハンターKさんとやりとりしたことはないのですが、Ｔａｋｅさんはかなり信頼しておられるようですね。私も興味はあるのですが、初回にいきなり三人で会うのはやはりやめておいて、当初の予定通り二人で会合しませんか？　私達に残されている時間は少ないですが、だからこそ信頼できる仲間は焦らず一人ずつ獲得してゆきたいのです。それから、今月時間が作れる日を以下に記します。予定が合えば幸いです。

まぁ、それもそうか。寺井は鞄からスケジュール帳を出し、二月の欄を開いてネバーギブアップ氏が出した候補日と照らし合わせた。妻の桔香が桃代を連れ去ったことで、すべての予定は白紙となった。

二月は桃代を生まれてはじめてのスキーへ連れて行くはずだった。今年は無理かもしれない。だが、来年は必ずスキーをする。父と娘の二人で。その頃桔香は灰になっているか薬漬けの廃人になっているべきなのだ。

◆

慢喫でドリンクを飲みすぎたせいで待ち合わせ場所に着いた途端、強い尿意を催した。駅の公衆トイレは改札の内側にあるし、視界内にコンビニもない。トイレを探してうろつくより、ホテルに着いてからした方が確実だと思って我慢することにした。とはいえ、十時半まであと七分もある。いつも待ち合わせには遅れて相手を怒らせてしまう側だったが、今回は待つ側になった。

会ったこともなく、信頼できるかもわからず、変態であるということ以外は何も情報のない男に人生再建の最初のステップを託すのもどうかという気がするが、これ以外選択肢がないのだから仕方ない。

あぁ……おしっこしたい。早く来て、キューティーバニー。

黒い改造軽自動車がロータリーを回ってきて、なぜか深月の前で止まった。ウインドウが開いて男が顔を出した。

これぞ過疎地最下層無職犯罪予備軍といったサル面の金髪粗悪野郎で、そいつが茶色くてぐちゃぐちゃの前歯を見せ、深月に声をかけた。

「ねえ彼女う！　ライドいるう？」

何言ってるのかわからない。深月は無視を決めた。

「ドライブラウンドとか興味なぁい？」

どっか行けよ、カスが。軽のデコ車とか恥ずかしいだろ、汚ザル。

「ねぇ、お姉さんも俺と同じで中国と韓国嫌いっしょ？」

おまけにレイシストか、最悪。キューティーバニー早く来てよぉ、

「俺ニコ生やってんだけど見たことなぁい？（悪魔如来）ってんだけど結構有名なんだけど知らなぁい？」

知らねえっつうの！　消えろよ汚ザル。

「彼女もニコ生やってたりするぅ？」

あぁうるさいうるさいうるさい死ね死ね死ね死ね。おしっこも出そうだし、なにこの状況やだ。

「誰待ちなのちょっとぉ⁉　出会い系待ち？　ビッチなの？」

深月は大股で五歩車から遠ざかった。

「だからなんで無視すんだよ、ニコ生の話聞いてなかったのかよ⁉　まじビッチなのかおめえ」

汚ザルが車から降りた。背が低い。１６０センチの深月と大差ない。

「てめえシナか！　チョンかこら！」

「ケーサツ呼ぶよ！」

この屑と口は利きたくないが、追い払うため仕方なく深月は言ってスマートフォンを出した。

「呼べよ、俺の親父は刑事なんだぞ。お前みたいな外人売春婦捕まえるのが仕事なんだぞ、ちょっとこいよ」

こいつまじで狂ってる、きちがいだ。

「逃げんなこらチョンシナ！」

汚ザルが短い脚でガードレールをまたぎ、ついに歩道に入ってきた。

走って逃げようとしたら「あゆさん？」と声をかけられた。

振り向くと四十代と思われる優しそうな顔の長身の男が立っていた。変態だけど、狂った汚ザルより千倍以上ましだ。大きなリュックサックを背負っているのが野暮ったくてちょっと減点だが、まぁいい。

「キューティーバニーさん？」

深月は小声で確認した。

「うん、あいつなに？」

「関係ないの、急に絡んできたの、頭おかしいみたい」

「てめえもチョンシナかおやじ！」

汚ザルはこのままではひっこみがつかないらしい。

「おめえのメスなら無礼を詫びろコラ」

「ちょとあっち向いてて」

キューティーバニーが深月に言った。深月は言われたとおり駅舎の方に目を向けた。

「なんとか言えチョンおやじまじ殺…へぐぶっ！」

肉の潰れる音とバカが息を詰まらせる音が続いた。

怖いながらも深月は振り向いて見てしまった。キューティーバニーが汚ザルの髪の毛を両手で掴んで軽自動車まで引きずっていた。汚ザルは自分の首を両手でかばいつつ口から汚い泡を吹いていた。

キューティーバニーは車の助手席のドアを片手で開け、汚ザルの上半身を車内に放り込んでドアを蹴った。

汚ザルの腹がドアにがつんと挟まれた。

深月は反射的に目をそらせた。

もう一度ドアを蹴る音と、ドアが肉を潰す音が続いた。ぶびりっ！　という屁と具の漏れる嫌な音も聞こえてしまった。

早く終わって、お願い。

「行こう」

ふいにキューティーバニーの手がそっと深月の肘に触れた。

逃げよう、と一瞬思ったが、逃げてどうなるんだという声がした。

「さぁ」

そっと掴まれ、促された。深月はキューティーバニーと一緒に歩き出した。

「レイシストのバカだけは許せないんだ」キューティーバニーが言った。「嫌なものを見せてごめん、でもあいつがナイフを持ってたんで仕方なかった」

「ナイフ持ってたの？」

深月はナイフなんて見なかった。

「うん、ちっさいのを上着の袖に仕込んであったんだ。後部席には日本刀もあった。本物の腐れ頭だ。急ごう」

キューティーバニーが歩を速めたので深月もついていく。尿意が耐え難いほどに強まった。

「ホテルは決めてあるんだ。こっちだよ」

導かれるままついていく。

「部屋に入ったらトイレ行きたいの」深月は言った。もう漏れそうだ。

「じゃあ急ごう」

キューティーバニーがさらに足を速めた。

トイレから出るとキューティーバニーはベッドに腰掛けスマートフォンを睨んでいた。深月に気づくと顔を上げて言った。

「キューティーバニーはやめる、バカみたいだから。俺の名前はひろむっていうんだ、ひろむでいい」

「わかりました、じゃひろむさんで」

「落ち着いた？」

深月は頷いて、壁際に立った。

「いくつか聞きたいことがあるんだけどいい？」

「あ～……はい」

「この時間に待ち合わせしたってことは、泊まりも考えてたよね？」

「ええと……」

「撮影が終わっても帰りの電車はないし、タクシーなんか乗ったら稼いだ金がかなり減るよね？　家は近いの？」

深月は首を振った。

「さっきのバカをやっつけた件で警察がうろついてるだろうし、朝までここに居たほうが賢いとは思うよ。それと、酒は飲めるの？」

唐突に訊かれて深月は戸惑った。

「別に酔わせてやっちゃおうとか考えてないよ。ただ、好きなら一緒にどう？　ビールもウイスキーもあるんだ」

ひろむが笑顔で言ってリュックの中からいろいろと取り出してベッドに置く。

「お酒より、今お腹が減ってて……飲むと悪酔いしそう」

「食い物もあるよ。薬局で買ったシリアルバーとかバランス食品とかだけど」

「本当？」

「全部食べてもいいよ」

「ええ⁉　いいの？」

「どうぞ、のんびりしようよ」

お腹が満たされて酒も入ると男への恐怖心が薄れてしまう。それで失敗したこともある。怖い思いや痛い思いをしたことも何度かある。

でも今は怖くも痛くもない。

全裸になってひろむに後ろから抱えられているが恐怖は感じない。とはいえ、頭の片隅で（何をやってんだあたしは）という声もするが、今はその声に真摯に向き合う気になれない。そうするには疲れすぎている。

「俺はたまにこういう出会い系で遊んでしまう悪い癖があるんだけど、お前もそうなのか？」

訊かれたが、頭がぼんやりしていてちゃんと聞いてなかった。

「…ん？」

ひろむが小さく笑った。

「いいよ、今のは忘れて。ところでさぁ、いくつかお前のこと訊いてもいい？」

「うん、いいよ」

「お前、結婚してた？」

「してなぁい、ふふ」

「子供いる？」

「いないよ、結婚してないし。あたしシングルマザーになるのやだもん」

ひろむの手のひらが深月の乳房を覆いかすかにもみ始めたが、これで金をもらうのだから拒否する理由はない。

「あたしの通ってた高校、中退してシンママになっちゃった娘が何人かいたよ。すごいバカな学校だったから、そういうの見て、あたしはああはなりたくないって思ったんだ」

「でもお前もそれなりにわけありなんだろ？　でないとあんな掲示板なんかに用ないもんな」

「ははっ、まあね」

「しかも二回も写真送ってきたもんな」

深月はけらけらと笑った。

「そうだね、必死なのがバレバレだよねぇ。イタイ女だと思った?」

「いや、いい娘だなって思ったよ。だから他の女に決めてたけどキャンセルしてお前にしたんだ」

深月は首をひねってひろむの顔を見た。

「ほんと?　あたしで大丈夫だった?　後悔してない?」

「してないよ、ちょっと横になろう。眠くなってきた」

「まだ撮影してないよ」

「どうせ泊まるんだからあわててやる必要ないよ」

後ろから抱えられた状態で横になって、毛布をかけた。本格的に寝てしまいそうであるが、他人と普通の会話をするのは久しぶりなのでもう少し起きていたい。シェルターのおばさんとの不愉快な会話は会話としてカウントしていない。

「で、どんなわけありなの?」

「付き合ってた男に殺されそうになって逃げてるの、あたし」

胸をまさぐっていたひろむの手の動きが止まった。

「あ、でももう大丈夫だと思うよ、逃げてから今日で一週間だし、手がかり残してないから」

「一週間逃げ続けてたのか？　こういうふうに出会い系の男から男へ……」

「そうじゃないよ、シェルターに入ってたの。今朝そこを出たんだ」

「……向かい合って話そう」

「ん？」

ひろむの手が深月の肩を掴み、寝返りを打たせた。ひろむの真面目な顔が目の前20センチのところにある。

「シェルターって、いわゆるＤＶシェルターのこと？」

「うん」

「そこに入ってたのか」

「うん」

「酔いがさめた」

「どうしたの？」

「まいったな」ひろむが呟き、苦笑した。「ばばあ続きでうんざりしてたから息抜きでシンママじゃないのと遊ぼうと思ってお前に会ったら、お前もだったか」

「なんのこと？」

ひろむの左手が深月の腰に回され、ぐっと引き寄せられた。

「シェルターだ」

「シェルター？」

「俺の妻は、夫婦喧嘩の翌日に娘を勝手に連れ出してシェルターに入って行方をくらませたんだ」

「え？」

「俺は妻を殴ったりしてない、ただ口喧嘩の最中に声を荒げたり壁を殴ったりした。妻はそれをＤＶだと警察に主張したんだ」

「で、どうなったの？」

「警察に捜索願を出した時にわかったんだ、妻が娘を連れてＤＶシェルターに入ったから捜索願は受理できないって言われたんだ」

返す言葉がなかった。

「それが二週間ほど前のことだ」

そんな大変な状況で、なぜこの男は出会い系掲示板なんかで女と遊んでいるのか。深月には理解できなかった。

「妻から連絡はない。だがいずれあいつは俺から娘を奪っておいて、そればかりか養育費を取るつもりなんだ。ネットでいろいろと調べてわかったんだ」

そんな重たい話をされても深月はどうしていいのかわからない。

「俺は、本当に暴力はふるっていないんだ」

当事者でない深月にそれが本当かどうかなんて永久にわからない。ひろむは暴力をふるってないと主張していて、妻は暴力をふるわれたと主張している。二つの真実があるということだ。

「早く妻を見つけないと永久に娘を取り戻せなくなる。だから俺は普通のやり方じゃだめだと思って出会い系に手を出したんだ。出会い系にはわけありな女がたくさんいる。当然ＤＶ被害者の女もいるはずだろ？　そういう女からシェルターの場所を訊きだせるかもしれないと思ったんだ。で、どこにあったんだ？」

早口で訊かれても早口では答えられなかった。

「でも、もう奥さんはそこにいないかもよ」

「シェルターの滞在期間はひとりひとりの状況によって違うんだ。ひと月以上居座る女もいる。で、どこにあるんだ」

「わからないよ、入る時も出て行く時も目隠しされてたんだから。あ、でも…」

「でも⁉　なんだ」

「あたし、シェルターを出て駅まで送ってもらう途中で、事故にあったの。あたしの乗った車が事故ったんじゃなくて、交差点で事故現場に出くわしちゃったの」

その時のことを話すと、ひろむが上にのしかかって股間を押しつけてきた。勃起していた。

もしかしてこのままコンドームなしのセックスに突入されるのではないかと思ったが、ひろむは「ちょっと待ってろ」とふいに深月から離れ、自分の大型リュックからノートPCを取り出してベッドに戻り、それを開いて起動した。

「なにすんの？」

「リアルタイム地域情報でわかる。県警の交通事故情報より早い」

「あたしの出くわした事故がわかるの？」

ひろむがうなずく。

「時間は？　何時頃だった？」

「十一時前後だったと思う」

「よし」

ひろむは時間帯で絞りこんだ。

「投稿が二件ある。どっちも笛吹市赤平町の交差点だ。乗用車とバイクの事故で車は逃げたって書いてある」

「あ、それだよきっと」

「触ってくれ」

「へ？」

「触るんだよ、おれのものに」

半ば命令口調だった。金で買われた身なので拒否はできない。深月は身をかがめて左手でひろむの勃起したものをそっと握った。あたたかい。

「しごくの？」

「それはいい、もっとしっかり握れ」

言われたとおりにする。

「今、グーグルアースでその事故のあった交差点を映すから確認しろ……ここか？」

ひろむは深月の顔の前にモニターをぬっと突き出した。

「真上からじゃよくわかんないよ」

ひろむは舌打ちしてストリートビューに切り替えた。

「ここか？」

「これって画面にタッチすると回せるの？」

ひろむがうなずいた。深月は右手の人差し指で画面に触れ動かしてみた。景色が回転した。

「あたしが車の窓から覗き見したのと完全に同じじゃないけど似て…あ、これ！　この看板！」

紳士と淑女のメモリアルハプニング
ホテル　ゴールドパピヨン新館　→2km

「ここだよ、この看板見たもん」

「間違いないな？　ここだな」

「間違いないと思うよ」

ひろむはストリートビューから通常画面に切り替えて訊いた。

「てことは、お前の乗った車は西側からきたんだな？」

「だと思う」

「口でしてくれ」

「え？」

「捜すからその間口でしててくれ」ひろむが言い、脚を大きく開いた。

つくづく変わった男だ。

「寒いから毛布かぶっててていい？」

ひろむがうなずいた。

深月は毛布を肩までひっぱりあげて、ひろむの股間に頭を埋め、口を使って始めた。

「二十人くらいが寝泊りできる大きな家なんてそうそうないはずだ」

ひろむが独り言を言う。

深月の口の中でものがさらに硬くなっていく。

勝俣は（建物の３Ｄ表示）に切り替えたが、そうしても写真に写った建物がグレーの立体正方形や長方形として表示されるだけで建物の外見がわかるわけではなかった。この道沿いはストリートビューできる地点が少ない。

まぁ、わざわざこんな何もないところで写真を撮ろうなどと考える人間はいないだろうから仕方ない。グーグルアースにも限界はある。

車に乗って行ってみるしかない。そして、そうする価値はある。

大した進歩だ。

ノートＰＣを脇に置いて、口で奉仕しているあゆを見下ろす。

毛布をはいで全身を眺めた。いい体つきだ。真剣に口で奉仕している顔つきもいい。それを見たらみるみる硬度百になった。

少しこっちを楽しむことにした。

やはり本物の二十代の体はよかった。アトピーだとのことで肘や首の一部に荒れた部分があったが、気になるほどではない。冷水責めや窒息攻撃という暴力の黒いスパイスを加えなくても、ノーマルに楽しめた。暴力をからめずに普通にセックスを楽しんだのは久しぶりだった。

「あゆ、話がある」

使用したコンドームをゴミ箱に捨てて、ひろむが切り出した。

「んん？」

寝返りを打って深月は答えた。自分はイカなかったが二回もイッたふりをしたのでちょっと疲れた。ひろむは下手というわけではなかったが、信頼関係のできていない相手とセックスしてもイケない体質なのだ。たぶん、それがノーマルなのだ。

「金が必要なら、明日、ていうか今日も付き合ってくれないか」

すぐには返答できなかった。

「無理強いはしないが、ドライブに付き合って欲しい」

「……シェルターを捜しにいくの？」

「そうだ」

答えはノーだったが、すぐにノーというと相手を怒らせかねないので少し考えるふりをした。そしてもうしわけなさそうに切り出した。

「あたし、できるだけ早くよその県に出たいんだ」

「その気持ちはわかるが、俺からもらった二万ぽっちでどうするんだ？　寮完備の風俗店で働くのか？　すぐには見つからないかもしれないだろ」

その通りである。

ひろむが深月の傍らに腰を落として言った。

「お前が寝ている間に考えたことがあるんだけど、聞いてくれ」

「……うん」

聞いても答えはノーだと思うが一応聞くことにした。

「俺には同じ境遇の仲間が複数いるんだ。まだリアルで会ったことはないが、信頼できると思う。その仲間もお前の情報と協力にはよろこんで金を払うと思う。はした金じゃないまとまった金を手にするチャンスだ。まとまった金があれば風俗じゃない仕事をじっくり探す余裕ができるだろ？」

「でも、シェルターの場所がわかったらどうするの？　まさか殴りこむとか」

「それはお前が知らなくてもいいことだ。シェルターの女達に恩義でもあるのか」

職員のおばさんや、自分に意地悪した女たちの顔が浮かんだ。

「……あんまりない……けど」

「俺も、仲間も、虚偽のＤＶ申し立てで子供を奪われて、一生会えない子供のために養育費をむしられかねないんだ。妻を探し出して暴力で連れ戻すのが目的じゃない、目的は奪われた自分の子供を取り返すことだ」

「でもそれって下手するとあたしが誘拐を手伝ったってことにならない？」

「そんなこと心配してるのか、ならないよ」ひろむが言い切った。「今の日本に、お前の行為を罰する法律はない。お前は俺や仲間の目的を知らずにドライブに付き合っただけなんだから」

「でも、奥さんと娘さんはそこにもういないかもしれないじゃない」

「いるかもしれない。行ってみればわかるし、行かなきゃわからない。妻と娘の写真を見てくれ」

「……いいけど、でも期待しないで。みんなこそこそ隠れて生きてるし、交流も全然なかったからほとんど覚えてないの」

「それでも六日間いたんだろう？」

「覚えてるのは、皆からぷーさんて呼ばれてる夢遊病の太った大きいおばさんと、あたしに意地悪した相部屋の女たち、それにおっかない職員のおばさんだけ」

「これが妻と娘の写真だ」

どこかの砂浜で撮った写真だった。

「どうだ？　似た女を見なかったか？」

「……ごめん、よくわからない。少なくとも、あたしの泊まってた部屋にはいなかった。違う部屋の人とはほとんど顔を合わさないんだよ、ご飯も各部屋にお弁当が配られてそれを部屋で食べてたから」

「まるで拘置所みたいだな」

「拘置所入ったことないからわかんないけど、あたしは完全に囚人みたいな気分だったよ。子供がいる人は子供のために我慢するんだろうけど、子供のいないあたしはとてもじゃないけど我慢できなかった」

「あゆ」

「ん？」

「大事なことは、お前を事件に巻き込むつもりは絶対ないってことだ。シェルターの場所が特定できたら、お前は金をもらって、どこへでも好きなところに行っていいんだ。俺たちゃシェルターのことなんか忘れちまえばいいんだ。つまらない良心の呵責なんかに悩まされる必要もないんだ」

「良心の、かしゃく？　てなに？」

ひろむが苦笑した。

「お前が心を痛める必要はないってことだ」

「あぁ、そういうこと」

「手伝ってくれるか？」

「なんていうか、訊きにくいことなんだけど……あたし、いくらぐらいもらえるの？」

「四十五万でどうだ」

心を動かされた。

「今、二人の仲間を呼ぼうかと思っているんだ。俺を含めて三人が十五万ずつ出す。一人増えるごとに十五万増える」

「ええと……」

「もしかしたら十人集まるかもしれない。そしたら百五十万円だ」

口の中が乾いてきた。百五十万は釣りでしょ、と思っても生理的な反応は止められない。

「でも、でも、本当にもらえるかどうかわからないじゃない」

「俺が責任持って仲間に払わせる。約束する。信じてくれ。俺も、仲間も、本当にみんな子供と、人としての尊厳を奪われたんだ、それを取り戻すために力を貸してくれる人間を裏切るほど落ちぶれちゃいない」

深月は唾液をごくりと飲み込んだ。

「もしそのシェルターにいたら、子供を取り返せる最後のチャンスかもしれないんだ」

ひろむが深月の手を両手で包み込み、言った。

「頼む」

さっきまでどんな頼みにもノーと答えるつもりだったのに、ノーと言えなくなっている自分がいた。

あたしは生きなきゃならない。生き延びるってきれいごとじゃない。人に迷惑かける以外に方法がない場合だってある。

あたしの手伝いであのシェルターの場所がわかったら、大勢の人が迷惑する。でもそれで救われる人もいる。悪いことと良いことを差し引きしたらゼロか、もしかしたらちょっとプラスかもしれない。それに、シェルターなんか突き止められたらまた別の場所に作ればいいだけだ。今までだって元入所者とか関係者とかがうっかり口を滑らせて場所を突き止められてしまったことだって、きっとあるだろう。国家機密じゃないんだし、百パーセント守りきるなんてできるわけない。

「シェルターに恩義を感じているのか？」

ひろむが訊いた。

「ないよ」深月は答えた。それは確かである。

「じゃあ、協力してくれるか？」

深月は数秒間固まっていたが、結局うなずいた。

ここはイエスじゃないと、自分の人生は前に進まない。

「ありがとう」

ひろむがこれまででもっともあたたかみの感じられる声で礼を言った。

「少し寝て、七時頃にここを出よう。お前の記憶が薄れないうちにシェルター探しを始めよう」

「あの、えっと…」

「ん？」

「ちょっと言いにくいんだけど、今日のお金って、今、もらえる？」

「勿論だ」

ひろむが笑顔で言ったので、深月はやっと少し安心できた。

「一緒にシャワー浴びるか？」

ひろむの誘いに、深月は首を振った。

「あたしは体拭くだけにしとく、アトピーがこれ以上悪化するとやだから」

◆

外は晴れているが、週末は大雪になるとテレビの天気予報で予報士が言っている。

今日もこれといってやることがない。

娘からの連絡を待ちながら、体を鍛え、ブログを更新し、アミーゴと交流し、妻への憎悪を募らせる。それがやることだ。

状況は急変するかもしれないし、しないかもしれない。大事なのは、常に自分を研ぎ澄ませておくことだ。

万が一桃代から連絡があったら十秒で飛び出せるよう荷造りはすでに済ませてある。

印鑑、通帳、急場の現金、道路地図、7インチタブレット、桃代の着替えや自分の下着、桃代の好きなお菓子、などを詰めたリュックサックは常に目に届く場所に置いてある。

　日課の筋トレ朝の部を始めようとしたらスマートフォンに着信があった。飛びついて見たら、アミーゴのネバーギブアップだった。なんだろう。


　おはようございますＴａＫｅさん。

　昨夜、初会合を21日にしようと決めたのに恐縮なのですが、実は本日、急にそちらの山梨に行くことになりました。私が懇意にしている取引先の方が、明日以降にやってくる寒波で大雪になることをやけに心配していて、中巨摩郡にある倉庫の商品（精密機器です）を隣の静岡の倉庫へ移したいのでその搬出作業を手伝って欲しいと無茶なことを言い出したのです。

　どう考えても大げさなのですが、万が一の場合は確かに大損害となるし、ここで貸しを作っておくと今後のためにもなるので引き受けることにしました。作業そのものは日雇いバイトにやらせるので私は搬出の際の指示をしてトラックを送り出せば仕事完了です。おそらく午前中に終わります。その後は自由の身です。せっかく山梨に行く機会ができたので、ＴａＫｅさんに会えるかもしれないと思い、連絡いたしました。

もしもオーケーでしたらご連絡いただけるとありがたいです。ネバーギブアップ！

寺井にはなんの不都合もなかった。さっそく返信した。

ネバーギブアップさん
おはようございます。わかりました、そういう事情でしたら本日お会いしましょう。早まる分にはいいことですので。県内であれば大体どこも一時間前後でいけますので、作業終了時間のめどがついたところでメールいただけるとムダにお待たせせずに済みます。
思いがけず早くお目にかかれることになり、むしろうれしいです。
それでは連絡お待ちしています。

TaKe

「よし」
今日はひとつやることができた。それにしてもそんなに凄い大雪になるなんて、あるだろうか。山梨に住んで二十年以上だが、大規模な自然災害に見舞われたことなんて一度もない。
「……大袈裟だなぁ」

◆

ホテルから出たら大粒の雪が降っていた。ひろむの車はホテルから２００メートルほど離れたコインパーキングに止めてあった。

元カレの、走るゴミ部屋のような車ではなかったので安心した。車内は冷え切っていた。

シートベルトを装着すると、ひろむが言った。

「あらかじめ言っておくが、俺はもともとおしゃべりじゃない。考えなきゃいけないこともたくさんある。だから、ドライブの最中に俺がむっつり黙っていても、別に怒っているわけじゃない。それを言っとこうと思って」

「わかった」

「でも、何か話したくなったら、話しかけても構わない。質問にも、答えられることには答える」

ひろむは言って、ヒーターをつけた。

「……うん」

「それとシェルターのことで何か思い出したら、いつでも言ってくれ。どんな些細なことでもありがたいんだ」

「わかった」

「じゃ、出発しよう。店があったらそこで朝飯を買おう」

ひろむが静かに車を出した。

（あたしはいったい何やってんだ？　金欲しさに知らない男の子供の誘拐手伝うなんて…バカなのか？　あたしは）

また頭の隅で声がした。

確かにバカかもしれないけど、他にどうしろと？　シェルターの場所を特定できたら四十五万もらえるチャンスを捨てて、所持金二万であてのない旅をするのが賢いことか？

しばらくはナビの声だけが、車内の音だった。コンビニがあったのでひろむがパンと飲み物を買ってくれた。

食べると心が一時的に少し穏やかになった。我ながら単純な人間だ。

「あたしの元カレ、あたしのことアスペだって決めつけてたんだ」

なぜか言葉が口をついて出た。

「アスペルガー症候群か？」

「うん」

「そうなのか？」

「わかんない、医者に診せたことはないから。でも、白黒はっきりさせないと気が済まないとか、被害妄想が強いとか、一度に二つのことができないとか、皮肉とか冗談を理解できないとか、指摘されると、あぁそういえばそうかもって…」

「そんな奴、アスペじゃなくたっているだろ。素人が判断できることじゃない」

「でも元カレはそうだって決めつけてた」

思い出すとむかむかしてきた。

「それは多分、お前を洗脳支配するためだ」ひろむが言った。

「そうなの？」

「人格障害の男が、女を精神的に支配するのによく使う手だ」

交差点で信号が黄色になったのでひろむは停車して、深月の顔を見た。

「（お前には人として大きな欠陥があって、それを理解して受け容れてくれるのは俺だけしかいない。俺から離れたらお前は生きていけない）と思わせる」

「言われたよそれ！」

「不幸が続いて自分に自信のない女は簡単に騙されちまうんだ。逃げられないようにしておいて、それから徹底的に相手をいたぶってしゃぶり尽くすんだ」

「じゃあ頭おかしいのはやっぱりあたしの元カレ？」

「頭おかしいというか、人格障害だな。反社会性の」

ひろむは遠くに目を向け言った。

「人格障害って、精神病とは違うの？」

「全然違う。人格障害ってのは、要するに性格の歪みだ」

信号が青になり、車がまた走り出す。

「俺の妻も人格障害者だ」

「……そうなんだ」

「痴漢だろうがDVだろうが、罪をでっちあげて男を陥れる女は、ほぼ百パーセント人格障害者だ。でもそれを見抜くのは、まず不可能だ。奴らは相手が逃げられない状況になるまで本性はあらわさないんだ」

「あたしの元カレも最初はすごい優しかった。こんないい人世の中にいたんだってびっくりしたもん。怖いね」

ひろむがうなずいた。そして言う。

「人間は怖い」

深月もうなずいた。

車内の空気が重くなったので何か違う話題を出そうとしたが、思い浮かばない。外に目を向けると山の向こうに灰色の雲の群れが見えた。

「雪、かなり激しくなってるね」深月は言った。

「数十年に一度の大雪になるとか言ってるけどな、どうだか」

　信じていないという口ぶりだった。

　最初の目的地である事故のあった交差点に到着した。歩道には数本の花や缶コーヒーなどが置かれていたがすでに雪でほとんど覆われている。

紳士と淑女のメモリアルハプニング
ホテル　ゴールドパピヨン新館　→2㎞

「まさにあれだよ」深月は看板を指差した。車はその看板をゆっくりと通過した。

「シェルターの前で車に乗って事故に出くわすまで、お前の感覚で何分くらいだった?」

　ひろむが訊いた。

「十分以上ってことはないよ」

「確かか?」

「うん車が出発して、これから一人でどうしよう大変だなぁっていろいろ考え始めたらすぐに運転手のおばさんが（あぶなああい!）って叫んであたしびっくりしたの。だから出発して結構すぐだったって感じだよ」

外は雪のせいで視界がどんどん悪くなってきていた。

◆

駐車場で車から降りて待ち合わせ場所である市民スタジアムの入り口にたどりつくまで寺井は雪にまみれた。

１８７センチという高身長は何よりもわかりやすい目印だった。

あれがネバーギブアップだ。間違いない。傍まで近づいてから声をかけた。

「あのう、ネバー……」

「Ｔａｋｅさんですか？」

寝不足とストレスが原因なのか、くすんだ白い顔に哀しい笑顔が浮かんだ。

「はい、そうです」寺井は男を見上げて答えた。

「どうも、はじめまして」

ネバーギブアップが深々とお辞儀をしたので、寺井もお辞儀した。

「すみません、お待たせしてしまいました」

「いえいえ、私も着いたばかりです」

「スタジアムの一階にカフェがあるんで、そちらにまいりましょう」

「わかりました」

二人はすのこで靴底の雪を落として、スタジアムの中に入った。

「なんだか凄い降りになってきちゃいましたね」

「ええ、そうですね」

「倉庫の作業は無事終わりましたか？」

「はい、おかげさまで。もしかしたらあのクライアントは賢かったのかなぁって、この降り方を見るとそう思いますね」

それに関して寺井が言うことはない。

スタジアムに入ってくる人間より、出て行く人間の方が多い。

広いカフェもがらんとしていた。窓から外を見るとわずか三分くらいで降りの激しさが三割ほど増したように見えた。

カウンターで二人ともコーヒーを注文し、市民スタジアムの公式キャラクターであるサッカーボール怪獣が印刷されたマグカップを持って窓際の席に座った。寺井は窓を背にして座った。

「ようやくこうしてお目にかかれたので、ちゃんと自己紹介します」

ネバーギブアップが尻ポケットから財布を出し、その中から名刺を出して両手で差し出した。

「どうも、恐縮です」

寺井も両手で名刺を受け取った。

西岡育雄。株式会社テレエナジー
「西岡さんですね。私も名刺は持っているんですが、もう辞めてしまった会社のものしかなくて、それでよければ」

寺井は西岡の名刺を財布におさめ、かわりに自分の名刺を出した。

「これです」

「どうも」

西岡はそれを受け取って「寺井雄大さん」と確認した。

「会社をお辞めになったのは、もしかして今回のＤＶ冤罪が原因ですか？」

寺井は小さく首を振った。

「いいえ、その前のことです。それが今回のことの発端のひとつなんです。私が妻に相談せずに編集プロダクションを辞めたことが……」

「私も仕事なんかしている場合じゃないと思っているんですが、なかなか難しくて……」

「私は半分以上辞めさせられたようなものです。ところで西岡さん、何か状況に変化はありましたか？」

「だめです」

西岡が暗い顔を小さく振った。

「何にも手がかりなし、娘からの連絡もなしです。寺井さんは？」

「私もです。まだ生きてるのにピン留めされた昆虫標本みたいな気分ですよ」

よくわかるというふうに西岡がうなずいた。

それにしてもこんなに背が高くたくましくて強そうな男が、いとも簡単に妻の策略にはまって子供を失ってしまうとは…。この体の大きさが、（夫が暴力を振るった）という妻の虚言に信憑性を与えてしまったのだとしたら恐ろしくて、やりきれない。だったらたくましい男は皆妻に暴力を振るうのか、皆危険なのか、ふざけるなと言いたい。

「あっ」

まずい、また涙が滲んできた。寺井は顔をうつむけ、手の甲で涙を拭った。西岡が見て見ぬふりをしてくれたのがありがたかった。

「なんとかしないといけませんね」西岡が言った。「本当に……」

「ええ、まったく…」

寺井は相槌を打って鼻をすすると、コーヒーに口をつけた。

「私の両親まで心痛で寝込んでしまいました。巻き込みたくなかったのですが…」

西岡は言ってうなだれた。

いけない、このままではせっかく会えたのに建設的な話し合いができない。今日は絶望会ではない。

「それで、奪還協定のことですが」

寺井が切り出すと西岡が顔を上げ、「うわ」と声を上げた。

「すごい雪だっ」

寺井は首をひねって外を見た。

「ほんとだ、こりゃ…」

もはや視界は10メートルもなかった。

若いウェイター二人も呆けたような顔で外を見ている。隅の席にいた三人の客が逃げるように帰っていった。

「これは下手すると通行止めになるかもしれませんね、というか、もうなっているかも」

西岡は帰れなくなることを心配しているらしい。

上着のポケットの中でスマートフォンが震えた。

「ちょっと失礼します、娘かもしれない」

寺井は西岡に断ってスマートフォンを取り出し確認した。そして「違った」と暗い声で言った。

　西岡も残念そうな顔をした。

「アミーゴブログからでした。ハンターKさんからメッセージが届いています」

「彼とは結構やりとりしてるんですか？」

　西岡に訊かれ、寺井はうなずいた。

「善かれ悪しかれ何か思い切ったことをしでかしそうな感じの人なので気になるんです。あの、彼のメッセージを確認してもいいですか？」

「どうぞ、私も気になるし」

　寺井はアミーゴにアクセスしてメッセージを開いた。そして読み終えるなり、西岡の顔をじっと見た。

「どうか、したんですか？」

「彼が、山梨にいます」

「え？」

「シェルターを見つけたって」

「ええっ⁉」

　西岡の上ずった声が、がらんとしたカフェに響いた。

「本当に？」西岡が大きな体を乗り出してきた。「確認したんですか？」

「元入所者の女と一緒だそうです。興味あるなら今から来ないかって誘ってます。ＧＰＳの座標値まで添えられてます」

「来ないかって…」

西岡は外を見て、それからまた寺井を見た。

「この雪じゃ無理でしょう。それにその男がどれだけ信用できるかもわからない」

「僕は結構信用してます。勘でしかないんですけど」寺井は言った。「西岡さんも、勘で信用できそうだと思ったから、今日こうして会ったんです」

第二部

「川田陸士長っ」

疲労による目の下のくまが濃い、若い二等陸士が入ってきて報告した。

「男性の遺体が見つかりました」

頭や肩からぼろぼろと雪を落としながら二等陸士は報告した。

「遺体の情況は？」

川田が訊いた瞬間、簡易ベッドで眠っていたかに思えた小宮山が意味不明な言葉を叫んだ。

川田と二等陸士は驚いて彼女を見た。

小宮山はまるで遺体が蘇って自分を殺しに来たかのように激しく怯え、ベッドから転げ落ちて外に飛び出そうとした。

「落ち着いてください！」

二人は彼女を止めたが小宮山の悲鳴は止まらなかった。

「殺されるう！」

小宮山が目を剥いて叫んだ。

「みんな逃げてっ、殺されるううっ」

どうやら過去のある瞬間に引き戻されたらしかった。

「早く逃げてえっ！」

川田は小宮山が引き戻された恐ろしい瞬間に、自分もまた連れて行かれたかのように戦慄した。

「男が来たああああっ！」

◆

入所者が食べる弁当を積んだ車が雪による大渋滞で走れなくなったというメールを読むなり、小宮山景子は普段運転手をしている職員の恩田孝美に電話をかけた。

―もしもし？　メール読んだ？

「読んだよ。ほんとなの？」

―嘘言ってどうするのよ。外を見たでしょ⁉

「見てない。本当に走れないくらいひどいの？」

―じゃあいっぺん見てみなよ！　下手に走ったら途中で立ち往生しちゃうよ、立ち往生したところにトラックでも突っ込んできたら死ぬのはあたしなんだからね！

恩田がまたヒステリーを起こした。いつものことだが。この女は不測の事態が発生して自分の手に負えないとなるとすぐこうなる。もう慣れた。

「落ち着きなって。で、今どこにいるの？」

―弁当屋さんのガレージ。どうする？

なんだ、まだ店を出てすらいなかったのか、こいつ。

「運べないんじゃしょうがないでしょ」

―こんなにひどい雪初めてだよ。安藤さんも今日の配達を全部キャンセルしてる。

安藤さんとは夫婦で営んでる弁当屋の主人である。以前自分が運転手をしていた頃は毎日のように顔を合わせていた。

―明日には止むかなぁ。

「さぁね。でも止んでくれないとみんなが飢える」

―みんなをうまく説得できる？

「説得するしかないでしょ。米なら10キロの袋で半分くらい残ってるからおにぎりでも作って配っとくよ」

―ごめんね、もう少し早くそっちを出ればよかったね。

「しょうがないでしょ。じゃ安藤さんによろしく言っといて」

―わかった。車が走れるようになったらまた連絡するね。

「はいよ」

―お姉さん、茶ぁでも飲まんか？

安藤さんらしき男性の声がわりこんできた。

―じゃね。

恩田が切り、小宮山も切った。

米は足りたとしても入所者の誰かに握り飯づくりを手伝わせる必要がある。その前に雪がどれだけ降っているか確かめてみよう。

小宮山は職員控え室のドアがロックされていることを今一度確認して、机と椅子を静かにどかした。それから部屋履きを脱いで靴下だけになった。

壁とまったく同じ色の小さな扉が現れた。扉には取っ手もない。指をひっかけたり入れたりする窪みの類もない。

それでも小宮山は、多くの職員が去って今や小宮山しか知らない手段によって扉を開け、四つん這いになって中に入った。上半身が入ったところで四つん這いから仰向けの姿勢になる。

顔のすぐ傍に梯子の最下段があった。最下段と二段目の間に照明のスイッチがあり、押すとたったひとつの電球が約５メートル頭上で点灯する。

両手を伸ばして下から三段目のステップを掴んで、自分の体を引っ張りあげた。ここがいつもつらい。力んでおならが出てしまったが、自分しかいないので気にしない。

竪穴の中で立つことができた。竪穴の壁と背中との間の隙間は5センチもない。あと少し背中やわき腹に贅肉がついたらつかえてしまう。

左足を最初のステップにかけて、ゆっくりとしずかに上っていく。

竪穴の中は凍えそうなほど冷たい。しかし、くしゃみは絶対にしてはいけない。鼻をすするのもだめだ。羊たちに気づかれる。

一階と二階それぞれに、羊部屋へと通じる通路があるが、今日の目的はそっちではない。天窓である。

今、その天窓から白い光が差している。

寒くて背中がぞくぞくする。足先もどんどん冷たくなってくる。もう一枚着てから竪穴に入ればよかった。

外からかすかに聞こえてくる（ぼぼっ、ぼぼぼっ）という音は、もしかして吹雪の音か？

やっと窓に到達した。わずか30センチ四方の開けることのできない窓はもう半分ほど雪に塞がれていた。

塞がれていない部分から外を覗いても10メートル先すら見えなかった。雪が降っているというより、このシェルターが空を飛んで雪雲の中に突っ込んでしまったかのような感覚にとらわれた。こんなすごいのは見たことがない。恩田の言ったことはちっとも大げさではなかった。

ここに来た目的はもうひとつある。

小宮山は左腕をしっかりと梯子のステップにからめ、右手だけでタバコの箱とライターを取り出した。

シェルター内は職員も禁煙であるため、こっそり吸うためにはここに来るしかないのだ。

窓枠には小宮山の吸ったタバコの吸殻が五十本以上放置され朽ちていた。

タバコをくわえて火をつけ、しばし休憩である。

握り飯づくりは子供のいない独り身の女に手伝わせよう。子供連れの羊は片時も子供を放したがらないから。昨日出て行った畑野深月がまだいたらうってつけなのだが。

タバコは美味いが、寒い。

三分の二ほど吸ったところで窓枠に押しつけて消し、ゆっくりと梯子を降り始めた。分岐トンネルまできたところで、どうせならついでにルーティンの羊監視をするかと思い、梯子から離れて横穴に潜った。

這い進んでいる時に肘や膝がぶつかって音がしないよう上下左右に古いブランケットが強力両面テープやU字金具で留められていた。それでも細心の注意が必要だが。

この秘密の通路がいつ作られたのか小宮山は知らない。通路の存在を教えてくれた職員は三年前に突然連絡が取れなくなってそれ以来音信不通だ。だから今この通路の存在を知っているのは自分だけである。後輩の恩田に教えてやるつもりは、今のところない。

この家を避難シェルターにすべく買い取ったNPO『あるまじろ』創設者の女性は、ある宗教団体大物幹部の個人秘書という噂があるが、何年も前に他界している。シェルターとして使用される前にすでに作られていた可能性もある。

手前の部屋で止まり、壁に耳を押し当てた。

無音だ。この部屋には半月以内に入所した三組の親子六人がいるが、皆疲れ果てて寝ているのか黙って不安に怯えているのか誰も口をきかない。

と思ったら母親の声が聞こえた。

「タバコ吸いたい…吸いたい…タバコ……タバコなの…あぁタバ、コ」

寝言なのか、独り言なのか。

あたしはさっき吸ったよ、ごちそうさん。小宮山は心の中で言ってにやりとし、奥の部屋へと這い進む。

女の子の声が聞こえた。

「……だって転校したらゆめみ絶対いじめられるもんやだよぉ絶対やだ」

「そんなことないってば、ゆめみは可愛くて頭もいいんだからいじめられたりしないって」

「可愛いくて頭もいいからいじめられるんだよぉ、ゆめみ自分よりブスでバカな子にいっつも意地悪されるんだから」

「そんな奴ら無視すればいいの、先生は美人なゆめみの味方してくれるってば」

「ゆめみ、ブスな子にいじめられたらゆめみもブスになっちゃうよう」

「大丈夫よ、ブスはうつらないの」

「うつるよぅ！　ママ知らないの、ブスはうつっちゃうんだよぅ、怖いよもう」

十日前に入所した松原母子である。キャバクラ嬢の二十八歳の母親も、夢美という七歳の娘も、ともに病的なほど自意識過剰という妙な親子である。そして夢美も母親も自分で思っているほど美形ではない。むしろ中の下だ。はっきり言って異様な親子だ。

「あのおばさんも超ブスだからゆめみ嫌い！」

「声が大きいわよ、あのおばさんて、どのおばさんよ」

「ここのおばさんだよ」

小宮山はぐっと拳を握り締めた。

「職員のおばさん？」

「そう、すっごいブス、ブスブスブス大っ嫌い、おまけに臭い！」

この、ブスガキ。もしかしてあたしがここに潜んでることを知っていてわざと言っているのか？

「ゆめみブスぜんぶ大っ嫌い、大人のブスも子供のブスもみんな死んじゃえばいいのに」

「そんなこと言っちゃだめでしょ、いじめられるわよ」

そんな低レベルな注意しかできない母親の叱る能力の欠如は、もはや犯罪レベルといってもいい。

「ママだってブス嫌いでしょ、まえ言ってたじゃん。ブスなんかいますぐみんな死んじゃえばいい、トップアイドルみたいな可愛い娘だけが生きてればいいの、ちょっとでもブスな子なんかいなくなっちゃえばいい」

「ゆめみ落ち着きなさい、まだパニック起こすわよ」

「パニック起こすのはママとパパだけだよ、ゆめみは…」

「何言ってんのよ！　あんな男と一緒にしないでよ、あんなのはパパじゃないの！」

「じゃなんて呼んだらいいのよう！」

「声が大きいってば！　バカでいいのよ」

「バカなんか他にもいっぱいいるじゃん、バカだけじゃ誰がどれだかわかんない」

「じゃあクズにしなさい。それ以外はバカってことでいいでしょ」

よくないだろ、クズ女。小宮山は心の中で吐き捨てた。

「それでいいの、もうクズとバカとブスのことなんか考えないの、楽しいこと考えな、ね？」

「あたしのこといじめるブスはみんな狂って死んじゃえばいい、ゆめみここ嫌い。早く出たいよ早く出ようよ」

「簡単じゃないんだってば、新しい家が決まらなきゃ出られないんだってば」

「早く決めてよぉ、早く早く早くぅ」

「首を掻くのやめなさい、悪化するでしょ」

「だってもう痒いんだもおん！　ここ汚いよ、臭いしブスばっかりだし早く新しいウチに住みたいよぉ」

小宮山は退却することにした。通路内で方向転換はできないので前進の時よりも倍ののろさで後ずさる。寒いのに背中に汗が滲んでくる。

あの母子には呪いあれだ。とはいえ、自分が呪わなくてもこの先ずっと呪われ通しだと思うが。

竪穴に戻ってそこからさらに控え室に戻ったらどっと疲れた。もう正午を二十分ほど過ぎている。面倒くさくて嫌だが、羊たちに餌を与えなければ。ここのちいさな炊飯器だと三、四回連続で炊かないといけない。

夢遊病で幾分アスペルガーの疑いはあるものの何よりも自分に対しては従順であることを評価して、ぷーさんこと桶石佳苗をおにぎりづくり助手として任命することにした。

◆

「あれよりさっきの建物の方が怪しい」

ひろむが言ったが、その根拠が何なのか深月にはわからなかった。根拠なんてないのかもしれない。

ひろむがハンドルを大きく切って猛吹雪で視界が10メートルもない中を強引にUターンしたので深月の心臓の鼓動が早くなった。

幸い吹雪の中から車が飛び出してきて激突即死という事態にはならなかった。

金欲しさにどれだけ信用できるかわからない男の話に乗って猛吹雪の中で何をやってるんだ、あたしは。そんな声が頭の中でするが、今は吹雪から守ってくれるこの車にしがみついている他ない。

ザザザザ！　タイヤのスリップする音が深月の神経を逆撫でする。

ひろむが舌打ちした。

「大丈夫？」深月は思わず訊いた。

「まだ走れる」ひろむは言って、もう一度アクセルを踏み込んだ。

今度は動いた。２００メートルほど戻ってから右折してさきほども行った路地へと入っていく。そして問題の二階建ての建物の15メートルほど手前で停止した。その距離からでも建物はぼんやりとした灰色のシルエットしか見えない。

「お前どう思う」

「……ごめん、わからない」深月は正直に答えた。「それより、このままじゃ車走れなくなっちゃわない？　とりあえず駅の方へ戻った方がよくない？」

こんなところでこの男と雪の中に閉じ込められるという展開は避けたい。

ひろむはハンドルから手を離して腕組みし、考えた。考えている間も雪はどんどんルーフにもボンネットにも積もっていく。

雪が怖いと思ったのは深月の人生で初めての経験だった。

ひろむはまだ考えている。どうするにせよ、早く決めたほうがいいのに。それにしてもウインドウから冷気がこちら側に染み出してきているかのように寒い。

ひろむが組んでいた腕をほどいた。どうするのかと思ったら、なんとエンジンを切ってキーまで抜いてしまった。

なんでヒーター止めんのよ⁉

「偵察してくる」ひろむがシートベルトを解除しながら言った。「ここで待ってろ」

「寒いから早めに戻ってきて」深月は頼んだ。

「後ろの席に毛布があるから、使え」

ひろむは言って黒のニットキャップを被り、手袋をはめ、上着のジッパーを一番上まで上げた。それからリュックから何か黒いものを取り出した。小さな双眼鏡だった。

「ちょっと行ってくる」

ひろむは言ってドアを開けた。途端に大粒の雪が殴りこむように侵入してきた。まさに雪の暴力である。

ひろむはドアを閉め背中を丸め、頭を低くして、ややがに股で建物へと近づいていく。その姿もほどなくシルエットになり、吹雪に溶けてしまったように見えなくなった。

深月はシートベルトを解除すると後ろの席の足元に落ちていた毛布を取って広げた。大量の埃がぼわっと舞い上がり深月は咳き込んだ。それでもそれを体にかけ、膝をまげて背中を丸めた。

子供取り返すためだと、こんな吹雪の中でも平気で行動できるものなんだろうか、と深月は考えた。多分、できてしまうんだろう。それが子供の存在の大きさというものなんだろう。

でも子供のいないあたしにとったら狂気の沙汰。愛情って一種の狂気だよね、てあたしは誰に向かってつぶやいてるんだ。

まさかあの男、確信もなくいきなりあそこに殴りこんだりしないよね。偵察のつもりが途中で気が変わって不法侵入とか…そんなことしたら逮捕間違いなしだけど、あの家に人がいたとして警察に通報したって、こんな吹雪の中じゃパトカーもこられないよ、きっと。きっと警察署や消防署やＪＡＦの電話は鳴りまくっているんだろう。

ワイパーが動いていないからフロントガラスがみるみる雪でふさがれていく。閉所恐怖症でなくたって、そうなってしまいそうなくらい怖い。

車内なのにもう息が白くなってきた。まずい。これじゃ車の形をした冷凍庫だ。

昨日勢いに任せてシェルターを出ていなければこんなところで毛布にくるまって怯えていることもなかったろうけど、出ていなかったらシェルターの中に何人もの嫌な女たちと猛吹雪の中に閉じ込められていたわけだ。そっちの方がより嫌だから、自分は正しい選択をしたのだ、きっと。そう思いたい。

早く戻ってこないとタイヤが雪に埋まって動かせなくなっちゃうんじゃない？　大丈夫なの？

ポケットからスマートフォンを取り出してバッテリーを確認すると、昨夜漫喫で充電したのにもう半分にまで減っていた。

ネットで「山梨県　大雪」と検索して、寒さが増した。

「……百年に一回の大雪」

百年？　そんな中であたしは何やってんだ？

すでにあちこちで道路が寸断されているらしい。雪による衝突事故や大型トラックの立ち往生なども起きている。

クラクションを鳴らしてひろむを呼び戻そうかと思った。でも、それをやったら怒られるかもしれない。

今すぐ大急ぎで町の中心部に戻らないと手遅れになるかもしれない、ていうかもう手遅れかもしれない。

クラクションは鳴らさずに、出会い掲示板でやりとりしたひろむのアドレスにメールをすることにした。

件名　大丈夫？

本文　１００年に一度の大雪なんだって、もう手遅れかもしれないけど、街に戻ったほうがよくな
突然ドアが開いたので深月は「ひいっ！」と声をあげた。ひろむが飛び込んできた。そして荒い息をつきながらキーを差し込み、ヒーターをつけた。

「……大丈夫？」

ひろむは呼吸が少し落ち着いてから、言った。

「お前がいたのはこの建物だ」

「あそこがシェルターなの⁉　どうしてわかったの？」

「エアコンの室外機」

ひろむは答え、エアコンの送風口に手をかざした。

「それと防犯カメラだ。正面に『株式会社ホシノ第一倉庫』っていう看板がかかっている。なのに、周囲を回ったら五機も室外機があって全部回ってやがった」

「そういえばあそこはエアコンのせいで空気が汚なかった」

思い出して深月はまた嫌な気分になった。

「空気清浄機能のついてない古いやつで、うるさいし、部屋の埃をぼうぼう巻き上げてた。電気ストーブのほうがよっぽどまし」

「防犯カメラもドーム型とノーマルタイプのやつが、俺が見ただけで五つもあった。それに…」

ひろむは三回咳き込み、続けた。

「金網が不自然に高い。３メートル近くある。不法侵入の多い大都会でもあんな高いの見たことがない。あれに間違いない」

「防犯カメラに写っちゃったんじゃない？」

「このクソ吹雪でカメラにも雪が積もってる」

「じゃあ、本当にあの倉庫がシェルターなんだね」

「間違いない」

間違いないと確信するのはひろむの自由だ。事実かどうかはおいといて。

「じゃあ、場所もわかったことだし、街に帰らない？」

「帰る？」

ひろむが未知の単語を聞いたかのような顔になった。

「そうだよ、戻らないと。下手するとここで立ち往生じゃん、道路だって今ならまだ走れるけどこのまま降り積もったら……」

「降り積もって通行止めになったらもうこられないだろ」

「雪が溶けてからまたくれば……」

「お前、なに言ってるんだ？」

「なにって……」

「状況の判断は俺がする」

ひろむは言って、レバーに手をかけてシートを大きくリクライニングさせた。

なにくつろいでんの？　深月はあっけに取られた。

「こんなチャンス、一生に一度あるかないかだ」

ひろむが言って上着のポケットからスマートフォンを取り出して、なにやらテキストを入力し始めた。

◆

ハンターＫからのメールを読み終えた西岡が、寺井のスマートフォンを返した。

「それで、どう思います？」寺井は訊いてみた。

「倉庫の外見とエアコンの数のミスマッチは認めます。確かに怪しい」

西岡が答えた。

「じゃあやっぱり？」

「でも確信はないです、この人ほどには…」

この人とは、ハンターＫのことである。

「そりゃ百パーセントの確信は持てませんよ、中に侵入しない限りは」

「寺井さん、まさか行くつもりですか？　この雪の中を？」

西岡が窓の外を顎でしゃくって示した。

「この大雪は、考えようによっちゃ、大きなチャンスだと思いませんか？」

「……チャンス？」

「大雪の間は誰もシェルターから出て行かないでしょう？　もし俺や西岡さんの妻と娘が、今日や明日出て行く予定だったとして、大雪で足止め食っていたとしたら？　これが最後の奪還のチャンスだったらどうします？」

西岡は口をわずかに開いたまま寺井を見つめている。

「しかも、そのシェルターのすぐ近くに仲間が待機してるんですよ？」

「お客様、すみません」

突然若いウェイターが割り込んできた。

「まことにもうしわけないのですけど、店を閉めて帰宅するようにという指示が出まして、今日は閉店させていただきます、すみません」

寺井と西岡は顔を見合わせた。寺井はウェイターに言った。「わかりました」

店から出ると、西岡に言った。

「私は行きます、こんな天気だからこそ。西岡さんも、もし行く気があるなら一緒に」

西岡は外を見て、寺井を見て、腕時計を見て、それからまた外を見て、また寺井を見て言った。

「今から車で行っても立ち往生する可能性があります。それに仮にそこに行けて、娘を取り戻せても、逃げる途中に雪で身動きとれなくなったら愚かですよ」

「でも行動しないと何も……」

「私に考えがあります。スノーモービルはどうですか？」

「は？」

「今ならまだ予約できるかもしれない。ちょっと待ってください、調べてみます」

西岡はスマートフォンを手に寺井から少し離れた。

「今、ホテルに電話をかけてます。今の内にトイレ行っておいたほうがいいと思いますよ」

西岡が言った。ちょっと余計なお世話のような気もしたが、忠告に従ってトイレに向かった。用を足して戻ると、西岡が大きな笑顔を見せた。初めて見る西岡の笑顔だった。

「災害時にもっとも大切なのはすばやい行動ですよ」

それには賛成だが…。

「ここから車で二十分くらいのところにあるスターランドホテル甲府では冬季にスノーモービルをレンタルしてるんですよ。運よく部屋を取れて、今日と明日スノーモービルを押さえることができました」

寺井は呆れた。

「西岡さん、スノーモービルをレンタルできたからって、それでどこへでも行っていいわけじゃないでしょ、スノーモービルはホテルの敷地内かホテルと契約してるスキー場でしか乗ってはいけないんじゃないですか?」

「そうですけど、そんなもん乗ってしまえば関係ないでしょ」

平然と言われ、少し西岡が怖くなった。だが、確かに乗ってしまえばこちらのものだが。

「スノーモービルは免許不要で公道は走っちゃいけないけど、こんな凄い雪で公道かそうでないかもわからない情況じゃ、法律なんて無意味だ」

「まぁ…一理ありますね」

「スノーモービルは一人乗りですけど。俺と寺井さんがそれぞれ娘を乗せて逃げることはできる、行きましょう」

西岡が大またで歩き出した。寺井もついていった。彼に並ぶと西岡が訊いた。

「寺井さん、車はなんですか?」

「軽です」寺井は答えた。

「私はジープです。私の車で行きましょう。寺井さんの車はここに置いておけばいい」

寺井は検討して、「わかりました」とだけ言った。

◆

「面白い展開になってきた」仲間からのメールを読み終えたひろむが言った。「こいつら、俺が思ってたより行動力がある」

「どういうこと?」

ひろむが説明してくれた。スノーモービルの話を聞くと、期待と不安が同時に湧き起こった。

「そのスノーモービルって、何人乗れるの?」

「基本一人乗りだが、小さな子供なら乗せられる」

「二人?　じゃあたしたちはどうなるの?　その二人の男がそれぞれ自分の子供をスノーモービルに乗せたら、ひろむさんとひろむさんの子供と、あたしは乗れないじゃん、まさか置いてきぼり?」

「落ち着けよ」

ひろむが意地悪そうな笑顔を見せ、言った。

「スノーモービルはソリを曳くことができるんだ。少しのろくなるけどな。二台がそれぞれひとつのソリを引けば全員乗れる」

間違いなく自分はソリ組だろうと深月は思った。

「じゃあみんなでここを脱出できるんだね」

「そうだ、心配するな」

それでもまた別の心配が持ち上がった。

「だけど、はるばるスノーモービルでやってきたのに奥さんも子供もシェルターにいなかったらどうするの？　すっごいムダだよね」

「ムダはある程度、覚悟の上だ」ひろむは言った。「俺と西岡と寺井の子供全員があそこにいるなんて、そんなラッキーなことはまずありえない。そんなことわかってるんだ。でも、三人の子供の誰もいないってこともそうそうないと思う。特に寺井は、子供をさらわれてまだ半月だし、俺も西岡も似たような状況だ。三人の子供の誰か一人でもいて奪い返すことができたら、行動を起こした甲斐がある。それにシェルターの場所を特定して晒すことができるだけでもこっちの勝ちなんだ」

「晒すの？」

「当たり前だろ。片親による子供誘拐の手助けをしてる犯罪組織の隠れ家なんだから。過激派のアジトと同じだ」ひろむが吐き捨てた。「それより悪い。そのアジトが日本にいくつあるか公表されちゃいないが、アメリカに比べればまだまだ少なくて、百あるかないかだという説もある。それならチャンスに賭ける価値はある」

それと自分の子供を取り返すこととは別でしょと深月は思ったが、言わずにおいた。かわりに訊く。

「それで、二人はあとどれくらいで来てくれるの？」

「ホテルへの道が渋滞してるそうだ。あと一時間でスターランドホテルにたどり着くと仮定して、それからすぐにスノーモービルに乗ったとして、時速40キロでこっちに向かうとして……ちょっと待て、グーグルアースで確認してみる」

ひろむは数分かけて結論を出し、深月に言った。

「迂回せずにまっすぐ向かえたとして、三時間半てところだ」

「うそでしょ⁉」

深月は目を剥いた。

「三時間半ずっとここで待ってろっていうの？　この雪ん中で？」

「遊びたかったら雪だるま作っていいぞ。高さ5メートルの巨人だって作れる」

「やだよ！　ふざけてる場合じゃないじゃん！」

「こんなところでパニック起こすな」ひろむが冷たい声で言った。

「スノーモービルが来る前に凍死しちゃうかもしんないじゃん。ヒーター最強にしてるのにこんなに寒いんだよ」

「さわぐな、トランクに寝袋がある。俺と子供用が」

「……あるの？」

「お前の身長なら子供用に入れる。子供を連れて逃げて、最悪野宿するはめになることも考えて用意してあったんだ」

寝袋がある。それはこの数時間に深月が聞いた情報で一番良いものだった。死の恐怖は遠のいた。

「子供用だと少し窮屈だろうがな。食い物もある。喉が渇いたら雪を食えばいい」

差し迫った危険がないとわかると、深月は少しだが落ち着いてきた。と同時に後悔の念も湧いてきた。二万円もらってひろむと別れていたら、今頃ホテルは高くて無理でも漫喫の個室で眠れていた。

「本当に来るの、その二人は？　会ったこともない人なんでしょ？　信用できる？」

「自分の子供を取り返せる唯一のチャンスに行動を起こさなかったら、そいつはもはや父親じゃない。お前もいつか子供ができたらわかる。子供がさらわれたらどんなことをしてでも取り返そうとするのが親ってもんだ、法律も道徳も他人の迷惑も知ったことか」

それがひろむの答えだった。そして付け加えた。

「そうじゃなかったら社会が成り立たないし、人類は滅亡する」

「でも途中で事故ったりしたら？　スノーモービルがひっくり返るとか、故障するとか、ガス欠になったり……」

「お前、不安障害か？」ひろむが真顔で訊いた。「いつもそうやって物事が悪くなる方向に考えて、現実が本当に悪くなると安心するんだろ」

「そんなことないよ」

「いや、お前はそうだ。お前の不幸の原因のひとつはそれだ。いつも失敗すること、飽きられること、捨てられること、騙されること、裏切られること、そういうネガティブなことばっかり考えてるだろ」

「だって今までいいこと全然なかったんだもん！　あたしだっていいことが何度かあったらもっと楽観的な人間になれるよ、でもいいことがなかったから無理なの！　しょうがないじゃん」

「つまり、お前はこれからも不幸で居続けることを選ぶって言いたいのか」

ひろむの顔と声には侮蔑の念がこもっていた。

「そんなこと言ってないって！　誰が好き好んで不幸なんか選ぶっての⁉」

「そういう奴はいるんだ、たくさん。俺は何人も見てきた、自分から不幸に飛び込んでいくバカな自傷人間をな」

「あたしは違うね」

ひろむは苦笑して、何も言い返さなかった。

深月は今すぐ寝袋に入りたかったが、言い争いした後で「トランクから寝袋取ってきて」とは頼みづらかった。

◆

車で二十分の距離が吹雪のせいで七十分もかかった。それでもたどり着けただけましだ。行動を起こすのがもう少し遅かったらもっと時間がかかって下手するとたどり着けない可能性もあった。

クロークでチェックインの手続きをすませるなり西岡が初老の従業員に言った。

「スノーモービルはすぐに使える？」

「少々お待ちください、係の者に電話いたします」

従業員は言って内線電話をかけた。

西岡が寺井の方を振り向き、（大丈夫だ）とでも言いたげな顔を見せた。

「西岡さま、スノーモービルの準備はできているのですが、今ガイドが休憩中でございまして、あと三十分ほどで戻るそうです」

「ガイド？」

「ガイド⁉」

寺井と西岡は同時に声を上げた。

「なんなんだ、それは？」西岡が露骨に機嫌を損ねた顔と声で訊く。

それに対して従業員が（なんなんですかその険しい反応は）という顔で答えた。

「はい、あのぅ、当ホテルではお客様のスノーモービルレンタルパックには安全のために一組様に必ず専属のガイドが同行することになっております」

「そんなもの要らないよ、赤ん坊じゃないんだから」

西岡が怒った。

寺井の鼓動が早くなっていった。ガイドなんかについてこられたら計画が台無しだ。

（乗ってしまえばこっちのもの作戦）は早くも暗礁に乗り上げた。

「ですが、お客様の安全のためにどうしても必要なことですので」

従業員は笑顔だが、絶対に譲らない。

「まさか俺たちがスノーモービルを盗んだり壊すことを心配しているのか？」

「いえ、決してそういうわけではございません。あくまで安全上の…」

従業員が話している途中で西岡は彼に背を向けて寺井に「ちょっと」と言い、寺井の肘を掴んでクロークから離れた。

「どうします？」寺井は訊いた。

「仕方がない。ガイドを丸め込もう」

「どうやって⁉」

「なんでもいい、賄賂でも、脅しでも、泣き落としでも、色仕掛けでも、手段はいくらでもあります」

その通りだが、色仕掛けはないだろと寺井は思った。

「乗ってしまえばこっちのものだ」

まだそう思っていたとは……。

「……そうですね」

寺井はそう言うほかなかった。

西岡はまたクロークに戻って従業員に言った。

「すまなかった。勿論ガイドつきで構わない。俺たち初心者だからね。じゃあ三十分後くらいに出発できるんだね？」

「ええ、さようでございます」

この従業員、俺たちのこと怪しんでいる。寺井は思った。まぁ確かに怪しいのだが。

「あと、スキーウェアのレンタルもできるかな」

西岡のその言葉で怪しさがさらに増した。

予約した部屋に入ると西岡が上着を脱いで、唐突に寺井に訊いた。

「寺井さん、今、現金いくらくらい持ってます？」

「え？」

「もしシェルターに子供がいたら、私はもうこのホテルには戻らない。だから宿泊費とスキーウェアの代金と、スノーモービルを盗んだ詫びの気持ちをここに置いてくんです。そうすればホテルの心証もそれほど悪くないから告訴するとかの大事にはならないでしょう」

「あぁ、なるほど」

　寺井は財布を出して確認した。

　桃代が見つかったらいつでも奪い返して逃げられるよう、現金は多めに持ち歩いている。逃亡中にATMやクレジットカードを使うのは一番やってはいけないことだ。

「五十万とちょっとあります」

「じゃあ、もうしわけないが十五万ほど出してください。私は三十万出しますから。それだけあればホテルも納得するでしょう」

　だといいのだが……。

「それで、どうやってガイドを追っ払います？」寺井は訊いた。

「何が有効な手段かは、相手を見てみないとなんともいえません。一番いいのは私たちの境遇を理解してくれる父親でしょうけど」

「そうですね。あの、もしもどうにも説得できなかったら、やっぱり、その、最後の手段を使うことになるんでしょうか」

「それはやりたくないけど、それ以外に手段がなかったら、やるしかないでしょう。でもやらなきゃいけなくなったとしても必要最小限の実力行使で。ガイドに大怪我させないように。一応これを持ってきました」

西岡がポケットから出して寺井に見せたのは、催涙スプレーだった。

西岡はすでに相当な覚悟ができているようだった。彼は冷蔵庫を開けて、酒のミニチュアボトルを取り出し言った。

「これが必要になるかもしれない。持って行った方がいい」

寺井は西岡から五本のミニチュアボトルを受け取った。沖縄の泡盛、宮崎の焼酎、サントリーオールド、シングルモルトスコッチ、ヘネシーだった。

「出発前にトイレに行っておいたほうがいい、ちょっと行ってきます」

西岡がトイレに向かうと、寺井は窓に歩み寄った。

異常だ、この吹雪。

下手するとホテル側の判断でスノーモービル禁止になってしまうかもしれない。それだけは勘弁して欲しい。

桃代、もしもまだシェルターにいるなら……パパ今からお前を助けだしに行くからな。ママにたくさん嘘を吹き込まれてパパのことを憎んでるかもしれないけど、パパはお前のことを愛してる、桃代のことを本当に愛しているのは、この地球上でパパだけなんだ。嘘つきどもの言葉にもう耳を貸しちゃいけないぞ。

「桃代」

そっと名を呼ぶと、心臓がぎゅっと締め付けられた。

そうだ、桃代だ、桃代を取り戻すんだ。こんな吹雪がなんだっていうんだ、こんなものに負けてたまるか。試練なんかに負けてたまるか。

俺はこれから一生に一度の危険だが素晴らしい冒険をして、この世で一番大切な物を取り戻して、その後で（父と娘はいつまでも幸せに暮らしましたとさ）になるんだ！

「……やってやる」

レンタルしたスキーウェアを着込んでスノーモービルの貸し出し場に行くと、早くも予想外の事態が持ち上がった。

ガイドが若い女だったのだ。三十前後でニットキャップがやけに似合う長い黒髪で、寺井の人生最大の敵である妻の桔香と同じくらい目が大きい。気に入らない女だ。

お前も人格障害者か、と心の中で吐き捨てた。フェイスブックで（働いてきらきら輝いてる人気者のあたし）アピールしてんのか、この。

「西岡さんと寺井さんですね、ガイドをつとめさせていただく芹沢です、よろしくお願いします」

寺井と西岡は顔を見合わせた。西岡もまたガイドが女であることが気に入らないのは明らかだった。

「よろしくお願いします」

それでも西岡は不機嫌を抑えて挨拶した。寺井も仕方なく彼に合わせた。

「お二人とも、スノーモービルの運転は初めてですか？」

「そうだけど、スクーターと同じだろう？」

西岡が横柄な態度で訊いた。

「いいえ、まったく違います」

芹沢が笑顔だが、やや棘を感じる声で言った。

「確かにスクーターと似ている部分もありますけど、同じだと思って乗ると大怪我します」

いいからさっさと乗らせろ。寺井は苛立った。

「まずは軽く体操をして体をほぐしましょう」

「なんだって⁉」

西岡が理不尽な要求をされたような声を上げた。

「乗車前のストレッチは事故を防ぐなにより大切な準備です」

「早く乗りたいんだけどな」

西岡の気持ちが、寺井には痛いほどわかる。

「それは無理です」

芹沢が絶対に譲らないという目で言った。

「たった数分のストレッチを怠けて大怪我して障害が残って一生後悔するよりはずっといいと思います。さぁ、やりましょう」

「こっちは急い……」

寺井はそう言いかけた西岡の肘を掴んでさえぎった。そして目で（ここは我慢しよう）と訴えた。乗車して外に出るまでこのガイドと喧嘩してはいけない。乗れなくなったら元も子もない。

幸い伝わったらしく西岡は「しょうがないな、じゃあさっとやろう」と芹沢を急かした。

体操が終わると、膝用のサポーターを手渡され、装着するよう促された。

「もっと綺麗な物はないのか、カビが生えてるじゃないか」

西岡はぶつぶつ文句を言いながら装着した。寺井も装着する。ホテルに到着してからもう一時間近く経っているのにまだ出発できない。

この間もハンターKが極寒の中で待っているというのに。

「では乗り方の基本をお教えします」芹沢が言った。「まずはじめは立った状態からのエンジンスタートです。こうやって車体の横に立ち、はじめにエンジンキーをオンにしてブレーキロックの確認をし、非常停止ボタンをこのようにぐっと引いて解除します」

もっと早くしゃべれよ！　俺らが急いでるのわかっててわざとゆっくり説明してるのかお前はぁ！　早送りしろって！

西岡が寺井をちらりと見た。その顔を見る限り、寺井と同じように苛立っているようだ。

今二人がかりでこの女を殴り倒してすぐに出発するのも悪くない。だが、最低限のことはやはり教わっておかないとなるまい。

「非常時以外に両足をステップハウスから決して出してはいけません。そして両膝で車体をしっかりとはさみます」

芹沢が実演する。この女の太ももがたくましく発達しているのは、年がら年中太ももで車体を締め付けているからなのか。

「姿勢は前かがみではだめ、のけぞってもだめ、ニュートラルでなくてはいけません。そして発進したら、目線は常に前方遠くです。進行方向の雪面状況をすばやく把握して適切に対応しなければなりません。でないと樹や岩に激突して一巻の終わりです。では乗ってみてください」

くそ、やっとかよ。

二十分後。まだ外に出られない。芹沢の講義が延々と続いている。まるで寺井たちが「もういい、こんなに面倒くさいんならやめる」と言い出すのを期待しているのかと思うほどに詳しく教えすぎる。

よほど利用者に事故を起こされるのが怖いんだろう。チキンが。事故なんてスポーツにつきものだろうが。

「スノーモービルはバイクやスクーターと違い、ただハンドルを切るだけでは方向転換できません、体重移動を利用します」

芹沢が実演してみせる。

寺井は芹沢の引き締まった裸の尻を想像していた。あの時も発達した太ももで男の腰を締めつけるんだろう。

あれ、なんで俺こんなこと考えてるんだ？　これから娘を取り返しに行くっていうのになんでセックスのことなんか考えてるんだ?

しっかりしろ!

この女を出し抜いて逃走するのは無理だ、と寺井は悟った。超初心者がスノーモービルを奪って逃げてもたちまち追いつかれて転倒するかスタックしてしまう。追跡できないようにした上で逃げないと。

「スノーモービルは前後の傾斜には強いんですが、横の傾斜には弱いんです。傾斜が大きい場合、重心位置が悪いと横転して怪我をしてしまう危険があります。そのような場合は山側のステップハウスに全体重を乗せるつもりで……」

今、視界何メートルくらいなんだろう。いくら目線は常に前方遠くにっていっても、前方がホワイトアウトだったら意味ないだろ。

「今日のようなまだ固まっていない新雪での走行においてなによりも厄介なのはスタックで、スタックしないためにはとにかく走り続けることです。そのためには常にすばやい判断と適切な対応が必要とされます。ためらってもたもたするとトラックベルトが雪にはまってしまいます。そうなると自力で引っ張りださないとならないため、深い雪では大変な重労働となります。ここまでわかりましたか」

あんまり聞いてなかった。

また西岡と目を合わせた。「もう一度お願いします」などと言ってる時間的余裕はない。

「よくわかりました。そろそろ実際に乗れますかね？」

西岡が急かした。

「まだです」

「なにぃ⁉」

西岡が声を荒げた。耳と鼻から外国のカートゥーンみたいに湯気が噴き出そうな顔だ。

「西岡さん落ち着いて」寺井は小さく声をかけてなだめた。「もうちょっとですから」

「実際に運転する前にまずスノーモービルに乗ってみて、基本的な動作の練習をしましょう。どうぞ、乗ってください」

二人は促され、それぞれにあてがわれたスノーモービルにまたがった。寺井は赤色、西岡は黄色の車体である。

こいつに桃代を乗せて出発してしまえば、もはや誰にも追いつけないだろう。今回の猛吹雪はいわば神がくれた好アシストだ。それなのに転倒やスタックしてしまったらアシストが無駄になる。じれったいが、ここは辛抱して学んでおこう。

◆

雪が降り積もるのと同じペースで後悔がつのっていく。

まだ金ももらえていない。もっとももらえたところでこの大雪の中では役に立たない。

ラジオからは大雪に関する情報が流れ続けている。どうやら百年に一度の大雪というのはちっとも大げさではなかったらしい。県内のあちこちで雪のために道路が寸断されている。停電した集落もある。しかもまだしばらくはやまないそうだ。

スノーモービルが来なかったら、本当にまずい事態である。

勿論、いざとなったらシェルターに助けを求めて入れてもらうという手もあるが、果たしてこのシェルターの場所を売り飛ばした裏切り者の自分を入れてもらえるだろうか、あのおばさんは人命とシェルターの機密のどちらを優先するだろうか。

ふいにひろむがラジオを切った。

「結局、雪がひどくなってるってことしか言ってない、無駄だ」

「まだこない？　スノーモービルの人たち」

「連絡はない」

「雪がひどすぎて怖気づいてやめたとか、そういうことないよね？」

「吹雪がひどいから子供はあきらめようってか？」

「いや、そうじゃなくて、あきらめないけど、明日に延期しようとか……」

「また不安障害か？」

「別にそういうわけじゃ……」

また沈黙が訪れたが、数分後ひろむが唐突に話しかけた。

「お前、ゾンビ映画観るか？」

「え？」

「『ドーン・オブ・ザ・デッド』とか『28日後』とか『ワールド・ウォーZ』とか、ゾンビが走るゾンビ映画だ」

「……『ワールド・ウォーZ』はDVD借りて観た。怖かった」

「あれに出ていたゾンビも『28日後』のゾンビも、ウイルスに感染した患者だったけど、俺は違う観方をした」

「違うって？」

「あれはメタファーだ」

メタファーの意味が深月にはわからない。

「ゾンビを、刃物を持った通り魔に置き換えると全力疾走系ゾンビ映画はどれももうすぐおとずれるかもしれない現実なんだってことがわかる」

深月は寒さに震えながら眉をひそめた。

「走るゾンビってのはな、失うものがなくて誰でもいいから傷つけてやるって興奮してる（無敵の人）のメタファーなんだ。でも、それをストレートに描くとあまりにも怖いから、ゾンビっていうオブラートに包んでいるんだ」

「……そうなんだ」

「俺も、お前も、今失うものは何もない。つまり走るゾンビと同じだ」

深月は否定も肯定もしなかった。

「でも、俺は娘を取り返す、失うもののないゾンビから守るべき者がいる人間に戻る。寺井や西岡も、人間に戻るために戦っているんだ。俺の話、ちょっとは理解でき……」

ひろむのスマートフォンが着信を告げた。メールを確認してひろむが言った。

「寺井からだ」

「なんだって？」

「スノーモービルの講習を受けてるって。それが終わらないと外で乗れないそうだ」

「そりゃ頼もしいや」

思わず嫌味が口をついて出た。

「夏くらいには迎えにきてくれるかもね」

「うっとうしい女のガイドがついてくるから、どうやってそいつを排除すればいいのか俺に意見を求めてる」

なんだか間抜けな展開だ。

ひろむは無言でテキストを入力し始めた。エアコンのせいで車内が乾燥しているので喉が渇いたが、水を飲むとトイレに行きたくなる。今の状況だとトイレは猛吹雪の外ということになるので、それなら何も飲まないほうがましだ。

ひろむはどんな（意見）を送るのか。

賄賂？　木に縛りつける？　殴って気絶させて雪に埋める？　それじゃ殺人だ。

「そうだ、ソリを忘れず持ってくるように言っといて」

深月が言うと、ひろむはまた苦笑した。

「それも加えておく」

◆

ハンターKからの返信は早かった。

説得∨賄賂∨実力行使・軽∨実力行使・重　　ソリを忘れるな。

これだけだった。

「あのぅ」

ゴーグルを装着中の芹沢に、寺井は声をかけた。

「はい？」

「あの、ソリのオプションとかはないんですか？」

芹沢は不思議そうな顔をした。

「ええ、ありますけど。お二人しかいないのにソリが必要なんですか？」

「いえ、訊いてみただけです」

ただでさえ怪しいのにソリを貸せなどといったら、何かよからぬ目的でスノーモービルを借りたのがバレバレだ。

仕方ない、ソリは何か別の物で代用しよう。シェルターに何かあるはずだ。ドアを剥がしてもいい。

「それでは、いよいよ、外に出ます」

芹沢が宣言して、ガレージのシャッターの開ボタンを押した。

しかしシャッターが動かない。寺井と西岡はまた顔を見合わせた。

「あれ、なんで？」

芹沢が何度も緑の開ボタンを押す。

「今度はなんだ」西岡が爆発しそうな声で訊く。

芹沢がさらに何度もボタンを押す。その険しい顔と態度から精神的な余裕のなさがうかがい知れて寺井は不愉快だった。思い返すと、あの桔香も何度か今のこいつみたいにささいな事がうまくいかない時に必要以上に激しい態度を見せたことがあった。その時軽く考えてしまったのは大きな失敗だ。その時に（どこかちょっとおかしい）と感じたら、（いや、ちょっとどころじゃないぞ）と考えるべきなのだ。

結論として、この芹沢はろくでもない女だから関わるべきではないし、こんな女にひどいことはできないとか、そんな優しい考えを持つ必要はまったくない。

「もしかして、外の吹雪がすごくて、雪が邪魔して開かないんじゃ？」

寺井が言うと、芹沢がこっちを見た。

「ちょっと待っててください、私、見てきます」

芹沢は言うと、ガレージの隅から雪かき用のスコップを出して、シャッターの脇のドアに向かった。

ところがそのドアも開かなかった。

「あれ？」

芹沢がノブを掴んだままドアに肩を当て「ふんっ！」と力んで押した。するとドアが15センチほど開き、半期に一度の半額セールの会場に突進する暴徒のごとく雪と冷気が飛び込んできた。

「うわ、こんなとこまで雪が！」芹沢が声を上げた。

寺井と西岡はまた顔を見合わせた。

芹沢がすまなそうな顔で二人に言う。

「雪のせいでシャッターが開かなくなってるんです。こんな凄いの初めてです」

「だったら除雪しないとな」西岡がまた横柄に言う。

「お客さん、今日はちょっと無理じゃないかと」

ドアを閉めて芹沢が言った。その言葉に寺井と西岡は同時に声を上げた。

「何を言ってるんだ」

「なんだとぉ⁉」

激しい反応に芹沢が首をすくめた。

「雪でシャッターが開かないからって休業する店なんかあるか⁉　客が開店を待ってるんだぞ。雇われ仕事だからってそんな弱気でどうするんだ。除雪すればいいだろう」

西岡が言って彼女に詰め寄る。寺井も詰め寄り言った。

「そうですよ、俺らはこれを楽しみにわざわざ遠くからやってきたんだ。シャッターが開かないいんなら俺たちが除雪を手伝う。スコップ貸してくれ」

「お客さん、ちょっと落ち着いてください」

芹沢が迫ってくる二人を止めるように両手を上げた。その指を掴んで思い切り外側に曲げてやりたかった。

「駄目だ、落ち着かん」

西岡がすっかり興奮しているので、芹沢を説得する役は寺井だ。

「ガイドさん、まさか雪がひどいから今日は駄目なんて、そんな冷たいこと言いませんよね？」

「この吹雪の中で初心者がスノーモービルを運転するのは危険です」

あんたもわかんない人ねと言いたげな顔で芹沢がきっぱり言った。そのきりっとした顔がむかつく。ひっぱたいてやりたい。顔は似ていないのにどうもこの女と桔香がダブって憎たらしくて殺したくなる。

「あなたがいるでしょ。ガイドがついていれば心配ないでしょう？　そのためのガイドなんじゃないんですか？」

声を荒げないよう頑張って抑えて説得する。抑えるのもそろそろ限界だ。

「そうだよ、ちょっとの間でいいんだよ！」

西岡も加勢した。

「近場でちょっと遊べればいいんだ。何も遠出しようって言ってるわけじゃないんだよお姉さん。ちょっと遊んで思い出を作ってフェイスブックとインスタにアップする写真を撮れればそれでいいんだ。それすら駄目というのか？」

「俺たちは仕事が忙しいんです。次に山梨に来れるのは二、三年後です。今日しかチャンスがないんです」

「十分でもいい！　頼む」

西岡が頭を下げた。

「お願いします！」

寺井も頭を下げた。奪われた娘を取り返すためなら嫌いな女に頭を下げるくらいどうってことない。頭を下げるなんて、ただの動作だ。そこに心がこもっているかどうかは関係ない。

芹沢が鼻から長い息をついた。そして言う。

「私一人では決められないので、チーフに訊いてみます」

だったらはじめからそうしろ、と寺井は心の中で吐き捨てた。早々と上司にお伺いを立てたら自分のインストラクターとしての威厳が損なわれるとでも考えているんだろう、なんてくだらない奴だ。

「そうしてくれ！　ほんの十分間、安全な場所でちょっと運転して記念写真を撮れれば満足するから。そう伝えてくれ」西岡が言った。

「お願いします」寺井はもう一度言って頭を下げた。

「ちょっとお待ちください」

芹沢はスキージャケットからピンクのガラケーを取り出して開き、二人から離れた。

「……もしもしすみません、芹沢です…はいおつかれさまです。ええとですね、今、お客さまが二人いらしてて……」

「ハンターKさんに連絡した方がいいんじゃないのか」西岡が寺井に顔を寄せて言った。「いつまで待っても来ないいんでしびれを切らしてるぞ、きっと」

「ですね。怒ってるかも」

寺井はスマートフォンを取り出して、ハンターKに送るメールのテキストを入力し始めた。


すみません、講習がやっと終わったのですが、今度は吹雪がひどいせいでガイドが渋ってチーフに相談してるところです。もしも許可がでなかった

「お待たせいたしました、許可が出ました」芹沢が戻ってきて笑顔で言った。「ただしホテルの敷地内限定で十分間だけです」

「そうこなくちゃ！」西岡が大声で言った。

「外に出たら必ずガイドである私の指示には従ってください」

「わかってるって、お姉さん」

西岡の（お姉さん）には軽蔑の念がたっぷりこもっていた。

寺井は大急ぎでテキスト削除して書き直し、送信した。

今から向かいます。どうか待っていてください。

「さぁ、シャッターが開くように除雪しないとな、まだスコップはあるだろ？　貸してくれ」

スコップを持って三人でガレージのシャッターに積もった雪を取り除ける。新しい雪なのでそれほど苦労せずに掘れるし軽いが、恐怖を感じるほどに吹雪がひどい。ここは本当に日本なのか。南極か北極みたいだと寺井は思った。

「おらっ、そらっ、それっ」

西岡はいちいち声を出しながらすくった雪を真後ろに放る。

その隣で芹沢がむっとした顔で雪をすくっている。

この女もなんだかいろいろわけありそうだな。隣で雪をすくいながら寺井は思った。

ふん、それがどうした、どうせくだらねえ男がらみのくだらねえ典型話だろ。それなのに自分は悲劇のヒロインだと思ってるんだから、人格障害の女ってのは本当にしようもない生き物だぜ、本物の悲劇も知らないくせに。

びゅう！

突風に体が煽られた。本気かよ俺らは。こんな雪地獄の中を、生まれて初めてのスノーモービルで10キロ以上も離れた所へ行くのかよ。われながらきちがいじみている。だけど、今こそチャンスなんだ。警察も消防も降雪被害の対応で忙殺されている今だからこそ、桃代を奪い返して逃げるには好都合なんだ。桃代を乗せてどこまでも遠くへ逃げてやる。

桃代を奪われて俺は狂った。でも自分を奮い立たせて行動を起こした。今度はお前が桃代を奪われて狂え、桔香。俺が勝ったらもう逆転はないぞ。残りの人生をお前がずっと狂え、ざまぁみろ。俺が手も足も出せないと思った自分のバカさ加減を地獄に落ちた後もずっと呪え。

「十分でも無理かも！」芹沢が泣き言を言った。「こんなひどい吹雪、生まれて初めてです」

「忘れられない思い出になる」

寺井は冷たく言った。

◆

10キロ入りの袋の半分くらいは残っていると思っていたが、小宮山の思い違いだった。実際には2キロにも足りないほどしか残っていなかった。そういえば自分も恩田もちょくちょく夜食におにぎりを食っていた。多いときは三つぐらい食べていた。そのことをすっかり忘れて買い足すのも忘れていた。

全員に行き渡るようにするには握り飯を情けないほど小さくしなければならなかった。米が少なくておにぎり型押し器すら役に立たないほどだった。

だが、小さくても文句を言わせないようにしなくては。そのためにも桶石のでかい図体と鈍感そうな顔は役立った。

午後二時過ぎにようやく握り飯を配り終え、手伝ってくれた桶石に礼を言うと、彼女は感極まって泣き出した。

「あたし、こんなふうに人から必要とされて、ちゃんとお手伝いできて、ありがとうって言ってもらえたの、初めてですぅ」

「よしよし、あんたはいい人間だよ、きっと幸せになるよ」

小宮山が言って背中をさすると桶石はくしゃくしゃの顔に鼻汁を盛大に漏らして泣きじゃくった。おにぎり作りと配布作業はこの女になんらかのヒーリング効果があったようだ。

「すみません」

幼い子供を抱いた若い母親が控え室にやってきた。

まさか、飯に不満でも？

「なによ」

小宮山は母親を軽く睨んで訊いた。

「あの、エアコンが壊れちゃったみたいなんです」

「あん？」

「十分くらい前に、急にパチンて、死んだみたいな音を立てて止まっちゃって、リモコンで電源入れなおしても駄目なんです」

「あんたの部屋どこだったっけ」

「二階の奥です。もう寒くて」

まだ泣いている桶石をそのままにして、母親と一緒に二階の奥の部屋へ向かう。

三組の母子が不安げな顔で小宮山を迎えた。

部屋にはまだ熱がこもっているがエアコンは確かに止まっていた。

カールコードによって壁に繋がれているリモコンを手にして、エアコンに向けて電源ボタンを入れてみた。反応がない。念のため電池蓋を外し、一度電池を外してもう一度はめ込んで、それからもう一度試してみる。期待はしていなかったがやはり駄目だ。

小宮山は舌打ちし、女と子供たちに言った。

「あんたたち、別の部屋に移ってもらうわ」

四組の母子を残る三部屋に振り分ける。

「昼ご飯ちっさいおにぎりだけでエアコンまで壊れるなんて、やっぱりここどうしようもないよ、ママ早くこんなところ出ていこうよ」

さきほど小宮山をブスだと言った小娘が文句を垂れた。

「だめ、そんなこと言わないの」母親が注意する。

「あんた」

小宮山は母親に話しかけた。

「……はい」

「子供に注意するんならもっと真剣にやったら？」

「はい？」

母親は反抗的な目で小宮山を見返した。保護してもらってるくせに。

「あんたらは下の奥の部屋。口にゃ気をつけるんだよ、みんな気が立ってるんだから」と小宮山は軽く脅した。

「……はい」

立場が弱いから仕方なく（はい）と言ってるだけなのがみえみえだ。

「さぁ行って、ちゃんと事情を説明して部屋に入れてもらいなさい」

「ついてきてくれないんですか？」

「あたしはエアコンの具合を見なきゃいけないんだよ、さぁ行った行った」

　母子たちを追い払って一人になると、小宮山は二段ベッドの上に乗ってエアコンに両手を伸ばした。埃を被ったフィルターカバーをそっと外して、顔を歪めた。

「恩田の奴」

　エアコンのフィルター掃除は恩田の仕事である。

　あいつ、忘れたのか、それとも怠けてわざと放置していたのか。いずれにせよ、この埃のたまり具合はひどい。これではエアコンが止まるのも無理ない。

「あの女、くそっ」

　何か罰を与えてやらなければ、今頃弁当屋の安藤さんの家でこたつに入ってぬくぬくしながら大雪情報に見入って「あたしってラッキー」とかほくそ笑んでいるに違いない。許せない。

　仕方ない、今は自分が掃除するしかない。フィルターを取り外したら、埃の塊がぼろぼろと床に落ちた。汚すぎる。

「恩田っ、バカがっ」

　悪態をつきながら、外した二枚のフィルターを持って一階の共同浴場に行き、そこでフィルターをシャワーで洗う。流れ落ちた黒い埃が排水溝を塞がんばかりにたまっていく。

むかつくブスめ！

「まったく！」

この黒いヘドロを全部とっといて恩田が帰ってきたら全部食わせてやる！　ああ、むかつくブスめ！

洗い終わったフィルターを持ってさきほどの部屋に戻ってフィルターを元通りにはめ、カバーも装着し、これで大丈夫だと思いつつリモコンの電源スイッチを押す。

何も起こらない。頭に血が上った。

「このっ！」

いや待て、落ち着け、やっぱり電池が死んでいるんだ。電池を入れ替えよう。また蓋を外して電池を抜く。

控え室に戻ると、桶石がまだ泣いていた。

「あんたいつまでめそめそ泣いてんのよ」

小宮山は言って抜いた電池をゴミ箱に投げ捨て、腰の鍵束から備品棚の鍵を取ってロッカーを開けた。ストックの単四電池を取り出すとロッカーを閉めてまたさっきの部屋に戻る。

電池をリモコンに入れて、さぁ今度こそ。

電源ボタンを押した。駄目だった。怒りのあまりリモコンをエアコンに投げつけそうになったが抑えた。

本当に壊れてしまったのだ。

「ふざけ……やがって」

きっと羊どもが節電もせずにつけっぱなしにしていたから寿命が縮まったのだ。これからは使用制限を設けないと。

どすどすと足音を立てながら控え室に戻る。桶石はまだいた。そういえば桶石も二階の奥の部屋の住人だった。

「あんた、一階の奥の部屋に行きな。あんたの部屋のエアコンは死んじまった」

桶石が泣き腫らした目で小宮山を見て言った。

「エアコン、壊れちゃったんですね」

「そうだよ！　まったくこんな時に」

「それって、ずっ、雪のせいじゃないんですか？」

桶石が言って鼻をすすった。

「あたし…ずっ、昔、エアコンの、ずっ、室外機に雪が、ずっ、積もって、ていうか雪に埋もれてて、それにずっ、気がつかないでエアコン回してたら、ずずっ、急に止まっちゃったんです、ずっ、さっき言おうと思ったんですけど、ずっ、涙が止まらなくて、ずっ、言えなかったんです、ずっ」

小宮山は小さく顔を振ってケータイを取り出し、ネットにアクセスして「エアコン

室外機　雪」で検索した。

　最初に見つけた記事を読んで、小宮山は舌打ちした。

「てことは他のエアコンの室外機も雪で壊れるかもしれないってこと？」

「……あたしに訊いたんですか？」

「独り言だよ！」

「ごめなさいぃ」桶石がまた泣き出した。

　エアコンを止めさせないと。小宮山はまずこの部屋のエアコンを切り、それから早足で一階の手前の部屋に向かった。ノックせずにドアを開けて中に入るとリモコンを取ってエアコンを消した。

　母子たちが「いきなりなにすんの？」という目で小宮山を見た。

「このまま使ってたらエアコンが壊れる。使っちゃ駄目」

　そう言って蓋を外して電池を抜いてポケットに入れた。

「どうして？　なんでですか？」母親の一人が訊いた。

「室外機に雪が積もった状況で使ってると壊れちゃうんだよ、さっき二階の部屋のエアコンが壊れたのはそれが原因なの」

「そんな、こんなに寒いのに……」

「寒いのはみんな一緒。我慢するしかないね」

「電気ストーブはないんですか？」

「ないよ」

あたしの電気ストーブ以外は、と心の中でつけくわえた。

小宮山は隣の部屋と、二階の手前の部屋に相次いで行き、エアコンを止めて電池を抜いた。

「雪が積もってるんなら、雪かきすればいいじゃないですか」

ストレスで髪の薄くなった若い母親が小宮山に言った。小宮山は殺意をこめて女を睨み言った。

「誰がそれをやるの？　あたし一人にやれっての？　あんたらを外に出すわけにいかないから、あたし一人で雪かきするしかないんだよ、それをやれっての？　それに雪かきしたってまたすぐに積もっちまうんだよ、それでもやれってか？　ええっ⁉」

気おされた女は唇を歪めて一歩あとずさった。

「人の優しさに甘えるのもいい加減にしな！」

その言葉はその女だけでなく、その場にいる女全員を傷つけたようだが、小宮山はそんなこと気にしない。

「しばらく毛布被ってじっとしてな、動くから寒いんだよ」

「あのう…」

凶悪なダンナに浮気の罰だとして髪をバリカンで刈り取られたため、それを隠すために頭全体を坊主頭に近いショートヘアにしている二十代の女が、涙目で小宮山に話しかけた。

「なにっ！」

「外の雪って、そんなに凄いんですか？」

そうか、こいつらは外を見られないからわからないのだ。

「そうだよ、百年に一度の大雪だよ。積もった雪で屋根が落ちてこないだけ幸せだと思いな」

女たちが怯えた顔を見合わせた。

小さな女の子が泣き出した。それが他の子供たちにも伝染し、やかましくなった。

「さぁさ、部屋に戻っておとなしく寝てなさい。雪はいつか止むんだから、じたばたしてもしょうがないの」

「怖いよぉ」女の子が声をあげて泣いた。

「子供が不安にならないよう、母親のあんたらがしっかり言い聞かせなさい」

小宮山は言って自分の部屋に戻った。

桶石は小宮山の私物である電気ストーブの前にしゃがんでいた。

「何してんのよ、部屋に戻って寝な。やることないんだから」

「ここにいちゃ駄目ですか？　新しい部屋は怖くて…」

小宮山はため息をついた。握り飯づくりを手伝ってもらっただけにこいつだけはガツンと叱りづらい。

「しょうがないなぁ、もう」

小宮山はぼやいて椅子にどすんと尻を落とした。

「じゃあ後十分だけだよ」

「ありがとうございます」

ドアがノックされた。

「あぁもう、今度はなんだ」

吐き捨ててドアを開けると、さきほどの髪の短過ぎる女が立っていた。小宮山はただ女を睨みつけた。

「あの……預けてあるあたしの睡眠薬、もらいたいんですけど…」

申し訳なさそうに小さな声で女が言う。

このシェルターにやってきた時に着の身着のままでポケットに数百円と睡眠薬の錠剤があるのみという女や母親は、これまでに何人もいた。

「寒くてひもじいからいっそ寝てしまいたいんです。でも眠れないから薬欲しいんです。子供にも半分にして飲ませたいんですけど……」

確かに寒いだの腹が減っただのと文句をたれにくるより睡眠薬で眠っていてもらったほうがこっちは助かる。

「あんた、名前なんだったっけ」小宮山は訊いた。

「あ、江成です」

小宮山は立ち上がり、「何錠?」と訊いた。

江成は一秒ほど考え、答えた。

「あたしは一錠で、子供は一錠の半分でいいです」

「子供に飲ませて大丈夫なものなのかい?」小宮山は確認した。

「はい、これまでも何度か飲ませています」

「飲んで子供が具合悪くなってこっちの責任にされたらたまんないんだよ」

「大丈夫です」

「しょうがない、わかったよ」

小宮山は江成の目の前でバタンとドアを閉め、ロッカーから入所者の私物を保管してある五桁のダイヤル式金庫を取り出して開けて、江成と書かれた茶封筒を探した。見つけると中からピンク色のピルケースを取り出し、ケースから二錠を手のひらに落とすと残りはすべて金庫に戻して扉を閉めた。

それからどうやって錠剤を割るか考える。

「あんた」小宮山は桶石に声をかけた。

「はい？」

「この錠剤、噛み砕いてくんない？」

桶石が顎を三重にして硬直した。

「できるだろ？　あたしは歯が弱いから無理なんだよ。綺麗に割れなくてもいいから、歯で砕いて吐き出しな、ほら」

桶石は錠剤を受け取ると、恐々《こわごわ》と口の中に入れた。

「間違って飲むんじゃないよ、睡眠薬なんだから」小宮山は警告した。

桶石は右目だけを固く閉じて口を大きく歪めた。

「なんて顔してんだい」小宮山は苦笑した。

「うぇっ」

「吐き出して、早く」

「うぇぇ」

桶石は口を開けて舌を出し、右手の人差し指で舌の上にへばりついた錠剤の欠片を掻き出して左の手のひらに落とした。当然錠剤は涎《よだれ》まみれだ。

「全部吐き出した？」

「ひとかへらが奥にょ方へ……」

桶石は言って、人差し指で口の奥をまさぐってギャグのようにすさまじい顔になる。小宮山は下を向いて笑いをこらえた。

「こへが…ひいひゃいのが…はっ…ほれほう…あ、ほえうほえう」

やっと取れた。涎がだらーっと汚く床に垂れた。

「はぁ……できました」

小宮山はティッシュを五枚抜いて畳み、机の上に置いた。

「ほら、つまんでここに置きな」

桶石は涎まみれの手のひらから噛み砕いた錠剤の欠片を太い指でそっとつまみ、ティッシュの上に乗せる。それが終わるとまた顔を歪めて舌を突き出した。

「ベロが痺れるぅ」

右手の指三本を使って舌の表面を激しく掻く。悪魔憑き系ホラー映画のように気色悪い光景であった。

「ひびえうぅ」

小宮山は放っておいてティッシュの上から程よい大きさの欠片を取り上げた。それを他の一錠と一緒に掌に乗せ、ドアを開けた。

「ほらよ」

江成は深く頭を下げて薬を受け取った。ほっとしたような、嬉しそうな、そんな表情になった。

「ありがとうございます」

睡眠薬をもらったときだけ笑顔になれる女の人生の哀しさについて思いをめぐらすほど小宮山はウブではなかった。

彼女の顔の前でもう一度思い切りドアを閉めた。

◆

スノーモービルで斜面を駆け下りる時、寺井はかつてない恐怖を感じた。車体もろとも深雪にぶすっと突き刺さって死んでしまうのではないかとさえ思った。大粒の雪が羽虫のようにゴーグルにぶつかってへばりついて視界を邪魔することも大きなストレスだ。

しかし西岡は寺井ほどには恐怖を感じていないばかりか楽しんでいるようだった。

「ひゃっひいいいい～！」

異様にテンションの高い変な奇声を発して、寺井の脇をすり抜けていった。

どれだけスロットル開けてんだ、あんた。

西岡は前方を走る芹沢さえも追い抜いて、吹雪で見えなくなった。なんとか転倒せずに斜面を猛スピードで下りきり、寺井はほっとした。

西岡はいつスノーモービルを奪取するつもりなんだろう。その時合図してくれるんだろうか。まさかいきなり芹沢に催涙スプレーをぶっかけるとか……。

とにかく、遊んでいる時間はないので早くしないと。

停止するとたちまち新雪に沈んでしまう、いわゆるスタックしてしまうのでとにかく走り続けるしかない。

出発する前に芹沢から走ってよいエリアはホテルの南側にある雑木林の手前までと決められていた。その雑木林が目前に迫っている。大量の雪を被った雑木林は暖かくて安全なホテルの窓から見ているぶんには絵葉書のようで趣があるだろう。だが吹雪に嬲られている今は趣もくそもない。

芹沢から出発前に、雑木林に達したら左ターンして林に沿って少し走って東側のやや緩やかな斜面を登ってホテルに戻ると説明されていた。「とにかく私から離れず、私を追い越さないように」と念を押されていた。

芹沢がターンして雑木林の脇を走り出すと、西岡と寺井もそれについていく。早くあのガイドを振り切って目的地に向かわないと。焦りと緊張で心臓の鼓動はずっと早いままだ。ネットで見たスノーモービル体験での爽快感や解放感などは微塵もない。目的が違うのだから無理もないか。

ところでいつ行動を起こすんだ、西岡。いつ合図を送ってくれるんだ？　そもそも合図も決めてないぞ、どうするんだ？　それともあんたも俺からの合図を待っているのか？

芹沢がまた左折し、雑木林から離れホテルへと戻る進路を取った。ここから先は緩やかな上り斜面である。

どうすんだ西岡！　俺たちの雑木林が遠くなっていくぞ、このままだとホテルに戻って記念写真撮って「お疲れ様でした♥」になっちまうぞ！

もしかして一旦ホテルに戻って芹沢をほっとさせ、その隙を突こうという作戦なのか、それって作戦と呼ぶほどのものなのか。

数メートル先を走っていた西岡のスノーモービルが突然ぐいっと右ターンしてアクセルを全開にして逃走を始めた。

これが合図か！　唐突過ぎる！

寺井は太ももと尻にぐっと力をこめ、左足側に大きく体重移動してターンした。途端にまた凄い勢いがついて滑り降りていく。

芹沢が気づいて追いかけてきてるだろうかとか、そんなこと気にして振り返る余裕もない。とにかく西岡のスノーモービルの尻を追いかける。ちょっとでも速度を緩めたら、このとぼしい視界の中では見失ってしまう。必死に食いついていかなければ。

鼻が凍りついてもげそうだ。痛すぎて鼻から呼吸できない。かといって口で呼吸しても歯がじんじんする。

西岡が少しスピードを落としたために寺井は彼の3メートルほど後ろにまで追いついた。西岡が右手を高く上げ、それから斜め前方を指差した。そして両手でハンドルを握ってまた加速する。

寺井はあれこれ考えずにとにかくついていく。

マフラーの隙間から雪が侵入してきて悲鳴を上げそうなほど冷たかった。

西岡が木のまばらになっている箇所を見つけて飛び込んだ。林道だった。

寺井は先ほど林に沿って走った時、林道の入り口には気がつかなかった。だが西岡はちゃんと見ていた、あたりをつけていたらしい。それにくらべて俺ときたら転倒しないことと、いつ行動を起こすのかわからずにイライラすることに神経を使ってしまっていた。我ながら情けない。

この林道がどこまで通じているのかわからないし、もしかしたら行き止まりということもないではない。しかし西岡はこれに賭けたのだ。ならば自分も賭けよう。

頭上の枝葉が雪をある程度受け止めてくれるので、林道に積もった雪は少なめだった。地面の硬さが体に伝わってきた。楽にそして力強く走っている感覚が持てた。スタックしてしまう心配も減った。

だが、後ろを振り返る余裕はまだない。よそ見などしたら樹に激突して首の骨を折るかもしれないのだ。

「頭下げろおおお！」

突然西岡が絶叫してスノーモービルのハンドルに抱きつくような格好になった。本能的な危険を感じて寺井も頭をぐっとさげた。

バシッ！　という音がして上着の後ろ襟が、倒れて斜めになった樹の幹を掠めた。あと3センチほど頭が高かったら頭頂部の皮膚が削れていたか、衝突の衝撃でスノーモービルから投げ出され脊髄を損傷して動けなくなっていたかもしれない。間一髪だった。西岡に教えてもらわなかったら多分死んでいた。

◆

前方で、西岡か寺井が何か叫んだのを聞いたが、芹沢はそのまま追跡を続けた。

約七秒後、突然世界がひっくり返った。

目をあけたら雪が真上から顔に降り積もっていた。ゴーグルの左目に大きな亀裂が入っていた。

なぜ自分はスノーモービルに乗っていないんだ？

スノーモービルはどこだ？

そして芹沢は仰向けに地面に倒れている自分に気づいた。

顔、正確に言うと左目から樹に激突して投げ出されて気を失ったのだ。

どのくらい気絶していた？

待て、それよりあたしは動けるのか？

体を押し潰しそうな恐怖がのしかかってきた。

頭は怖くて動かせない。まず右手の指から恐々動かしてみた。指は動いた。手首も大丈夫、肘も……大丈夫、付け根も平気だ。右腕はＯＫ。

同様に左腕も無傷だった。

「ああっ！」

突然右足首に爆発が起きた。

なんか、足首が変なふうに曲がっている気がする。でも首を動かすのが怖くて見られない。

骨折したのかも、あたし。

寒い。このまま動けなかったらあたし寒さで死ぬかも。降り積もった雪に埋もれて死ぬなんて、そんなのまっぴらだ。

鼻を恐怖でひくひくさせながらちょっとだけ右横に動かしてみた。恐れていた血管破裂とか、首の骨がずれるとか、そういう事態にはならなかった。

視界に転倒したスノーモービルが映った。

もしかして、ゆっくりとやればうつ伏せになれるかも。うつ伏せになれたら肘と膝を使って立ち上がることもできるかも。

ずっとここに寝ているのは嫌だ、冗談じゃない。

「ふうう……」

うめきながら、左膝を少し引き寄せ、ブーツの踵で地面を押して自分の体を横にして、「うぐっ！」と声をあげてうつ伏せになった。できた。

それから鼻でせわしなく数回呼吸し、それから深呼吸して止め、両腕に力をこめて傷ついた自分の体をプッシュアップした。

「あうう！」

樹にぶつけた左眉の上の骨を耐え難い痛みが襲い、肘が折れてまた突っ伏した。眉骨の痛みが少し引くまで待たねばならなかった。

顔の骨にひびが入ったのかもしれない。もう少し時間が経ったら化け物のように腫れるかもしれない。

なんなんだあの二人は。最初から不審な臭いがぷんぷんだったが、まさかスノーモービルを奪うつもりだったとは。それで何をするつもりなのか。もしも犯罪に使われでもしたら、ホテルの責任も問われかねず、勿論自分も無事で済むわけない。

深呼吸し、気合を入れてもう一度体を押し上げる。やっと上体を起こせた。半年分くらいの力を使ってしまった。

うめきながら右手で上着からケータイを取り出して開き、チーフの電話番号を呼び出してかけた。

だが、変だ。コールが鳴らない。

もう一度かけてみる。勝手に切れた。

「なんだよぅ！」

もう一度かけたが、やっぱり駄目だ。

ホテルに報告する前にチーフに相談したかったが、こうなったらもう先にホテルに報告するしかない。問題が起きたのにすぐに報告しなかったことを後で責められたくない。とにかくこの仕事を失うことだけはなんとしても回避しなくては。

信じがたいことにホテルにも繋がらない。

まさかケータイが壊れたのか？　いや、それはあまりにもタイミング悪過ぎるだろ。

一旦電源を切り、再びオンにして、改めてチーフ、ホテルの順にかけたが、いずれも繋がらなかった。

「くうぅ……」

泣き声と鼻水が漏れた。

娘の綾乃の顔が浮かんだ。そうだ、託児所は？　多分駄目だろうと思ってかけてみて、やっぱり駄目だった。

そこでようやく、これはもしかして通信障害じゃないかという考えに至った。どこにも連絡できないのなら仕方ない、吹雪の中を歩いてホテルに戻って報告するしかない。

この仕事を失いたくない。絶対に嫌だ。仕事を失って収入がなくなって生活が貧窮すれば、それを嗅ぎつけて一旦は子供をあきらめた元旦那が、また綾乃を奪い返してやろうと考えるに違いない。そんなことさせてたまるか。

◆

「多分、この大雪で中継局がやられたんだ」西岡が言った。「メールが送れない理由はそれしか考えられない」

「そこまで……」

スマートフォンを握りしめたまま寺井はつぶやいた。

「ハンターKと連絡が取れなくなっても、彼は俺らを待っててくれるんだろう？」

西岡が寺井に念を押した。まるでハンターKの行動に関する責任は寺井が取るべきだといわんばかりの態度だった。

「そのはずです」寺井はそうとしか言えなかった。

「これには、いい側面もある」西岡が言った。「通信障害でケータイが使えなくなったってことは、俺らがスノーモービルを奪ったという通報も遅れるということだ――

「まぁ、確かにそうですね」

「このまま通信障害が続けば、俺やあんたが子供を奪い返して逃げる時間もたくさん稼げるってことだ」

その言葉は寺井を少し勇気づけてくれた。

「そうですね、でもGPSはなんで大丈夫なんですか？」

「雪で死んだ中継局とまだ生きてる局があるってことだろう、俺も詳しいことはわからないし考えてもしょうがない。とにかく、先を急ごう！」

西岡が言ってまた走り出した。寺井もついていく。

吹雪はわずかな時間で、目に見える景色を一変させてしまった。

ここが本来公道なのか畑なのか誰かの庭なのか、もはやそれすらわからない。現実感が遠のいていく。

もうホテルからはだいぶ離れた。芹沢も追ってきていない。

前方にルーフにこんもりと雪の積もった4トントラックと乗用車が見えた。

西岡と寺井はその二台の間を猛スピードですり抜け、前方の丘を目指した。

ふと、俺は今誰よりも自由なんじゃないかと寺井は思った。

みんなが雪に閉じ込められてどこにも行けない。でも俺はこのマシンでどこへでも行ける。

シェルターの女どもも雪に閉じ込められてどこにも行けない。でも俺は、そこに行って子供を取り返して自由に羽ばたける。誰も俺と桃代を捕まえられない。

それって、最高じゃないか。

俺は最高の瞬間に向かってスノーモービルを駆っているのだ。

そう思うとまた涙が滲んできた。だが、敗北の悔し涙ではなかった。

◆

どんな手段であれ夜までには人数分の食い物を調達しなければいけないので、そのことについて恩田と話そうと思って電話をかけたらつながらなかった。通信障害が起きてるのかもしれないとネットにアクセスしようとしたが、それさえできなかった。

「駄目だ、こりゃ」

小宮山は吐き捨ててケータイをテーブルの上に放った。

金庫から単四電池で動く掌サイズのラジオを出して大雪情報を聞く。どうやら山梨県全体が本当にしゃれにならない事態になっているらしい。

停電、交通網切断、高速道路大渋滞、電柱倒壊、電波障害、屋根の崩壊、雪かきで転倒して死亡、二十一世紀だというのに、雪によって文明が殺されそうになっている。

ごるる、と小宮山の腹が鳴った。電気ストーブを最強にしたくらいでは全然暖まらない。もしかしたらこの地域も停電に見舞われるかもしれない。

豪雪に閉じ込められて食べ物もない、電話もかけられない、救助もいつ来るかわからないとなった時、自分ひとりで入所者たちを統制できるだろうか。

……できないかもしれない。

もともとここの女たちは男の暴力から命からがら逃げてきたため、精神的に弱っている。ゆえに小宮山の入所者に接する態度に不満があってもそれを口に出す元気はなく、まれに個人的に抗議してきたとしても小宮山が楽にあしらえるレベルで「不満があってもひと月も経てば出て行くんだから我慢しろ」で済んでいた。女たちの抱えている個人的トラブルが大きくて先行きが困難であるということと、「みんなつらいしわけありなんだから、他人に構うな」という空気が形成されているために、これまで職員に対して反抗的な集団が形成されたことも、ましてや集団で職員に刃向かってきたこともない。だが、今回ばかりはそういうことが起きないと言い切れない。

そう考えたら、不安になってきた。

自分が日頃から入所者に好かれていないという自覚が小宮山にはあった。それどころか嫌われている。わかっているのだ。

もともと自分はほとんどの人間が嫌いだし、この仕事は入所者に好かれることより適正に管理することが重要なのだ。

入所者たちが自分に対して抱いている不満や怒りが、こういう想定外の非常事態において噴出しないとも限らない。

今のうちに手を打っておくべきかもしれない。きっとそうだ。楽観的でいてはならない。

こうしちゃいられない。

小宮山は立ち上がり、静かに部屋から出て一階の奥の部屋に向かった。その部屋では四組の母子と桶石が毛布にくるまっていた。桶石は毛布を頭から被って丸まっていた。

その毛布に手を当ててゆすると、桶石がびくんと体を震わせて顔を出した。

「ちょっとあたしの部屋に来て。話がある」

小宮山が囁くと、桶石はこくんとうなずいて毛布を体に巻いたままついてきた。

控え室に戻ると扉を閉めて小宮山に言った。

「話っていうのはね…」

「雪かきですか?」

桶石が遮って訊いた。

「違うよ」

「よかったぁ、あたし図体がでかいから雪かきしろって言われるのかと思った」

桶石はそう言って胸に大きな手を当てた。

「もし言われたら、断わったかい?」

小宮山は一応訊いてみた。

「断われるわけないじゃないですか、小宮山さんに言われたらやりますよ」

その答えに、小宮山は満足した。

この図体のでかいパワフルな女を支配下に置いておけることは大きなアドバンテージだ。

「いいかい、よく聞きな」

小宮山は丁寧に、わかりやすく、入所者たちのパニックと反乱の危険について桶石に説いた。

暗示にかかりやすくだまされやすい桶石はたやすく小宮山の話を信じて震えだした。

「しかもだよ、危険が及ぶのはあたしだけじゃない、あんたもきっと攻撃される」

「な、なんでですか？　なんであたしまで…」

「あんたは今日、あたしのおにぎりづくりを手伝った。その後でしばらくこの部屋でストーブにあたってたろ？　そこを他の女に見られている。あんたはもう、女たちからあたしの子分だと思われてるよ」

「そんな……」

「下手すると、ヒステリーを起こした女たちが結託してあたしたちを外に追い出そうとするかもしれない。もし外に放り出されたら三十分と命がもたな……」

「郁美いいいいい！」

　突然二階の方から女の叫び声がした。

　小宮山と桶石は互いの魅力ない顔を見合わせた。

「郁美起きてっ！　どうしたの郁美いっ！」

　どうも只事でない感じだ。

「なんなんだ？」

「子供がどうかしたんでしょうかね」

　桶石が心配を口にした。

「ついといで」

小宮山は言い、桶石を従えて二階に向かった。さらに声が聞こえた。

「郁美がぐったりして起きないの！　誰か助けて！　冷たくなってるうう！」

郁美という子供の親は誰だったか、小宮山は思い出せない。とりあえず悲鳴の聞こえる部屋へ急いだ。

「どうしたの⁉」

部屋に飛び込んだ瞬間、小宮山はすべてを理解して、心臓が冷たくなった。

さきほど睡眠薬を与えた江成が、自分の娘を抱きかかえて半狂乱になっていた。子供は口の端から涎をたらしてぐったりとしている。

「お前……」

小宮山はそれきり言葉が出てこなかった。

子供に飲ませて大丈夫なものなのかと訊いたとき、「はい、これまでも何度か飲ませています」と言ったじゃないか。

「飲んで子供がおかしくなってこっちの責任にされたらたまんないんだよ」と念を押したら「大丈夫です」と言ったじゃないか。

なんでこうなる？

もしかして、嘘だったのか？

本当は子供に睡眠薬を飲ませるのは初めてで、小宮山に反対されて薬をもらえないのが嫌だからこれまでも何度か飲ませていますと嘘を言ったのかもしれない。それで大人の半分くらいでいいだろうとあてずっぽうで言ったのか？

そういえば、「何錠？」と訊いた時、答えるまでに妙な間があった。

どういう親なんだお前、ていうか親じゃないだろそんなの！

江成が、死体のように白い娘の顔から、小宮山に目を転じた。

正気の消し飛んだ顔だった。一番関わりたくない種類の人間の面だった。つまり、失う物のないきちがいの面だ。

「おにぎりよっ！」

江成が唐突に叫んだ。

唐突過ぎて意味不明だった。

「おにぎりに何か入ってたんだ！」

女たちが互いの顔を見合わせ、ついで小宮山を見た。

小宮山は後ろを振り返り、桶石を見た。桶石もわけがわからないという顔をしていた。

「おにぎりに毒が入ってたんだあ！」

江成は絶叫して子供を床に置き、右手指を自分の口に奥まで突っ込んで「むおおおおっ！」と呻いた。そして足元に吐いた。

こいつ、なんなんだ、狂い過ぎてる！

「みんなもいますぐ吐かないと！　この人がおにぎりに薬を混ぜたぁ！」

「ふざけんなこの馬鹿女がぁっ！」

小宮山は江成の叫びを吹き消す爆風のように叫んだ。

他の部屋の女たちもどんどん詰めかけてきた。

「お前が寒くてひもじいから睡眠薬で眠りたいって言ったからくれてやったんだろうがあ！　子供は一錠の半分でいいっていうから砕いてやったんだろうが！」

「睡眠薬が入ってたの⁉」

「おにぎりに睡眠薬が入ってたんだって！」

「子供が死んだぁ！」

「なんなの⁉　どうしたの？」

「おにぎりに薬が入ってたって！」

「嘘でしょ⁉」

「ママどうする？」

「みんな大変よ、大変！」

あっという間に全体に広がってしまった。とんでもない伝言ゲームだ。

「そんなこと言ってない！　あたしは睡眠薬なんてもらってない！」

江成が大嘘をついた。

まったく、許しがたい汚い嘘だ。女を殴っておいて殴っていませんと嘘をつく男と同類か、それより性質《たち》が悪い。

「この人、食べる物がなくて助けもこないから自分たちだけ生き延びようとしてみんなのおにぎりに睡眠薬を入れたのよっ！　人殺しだぁ！」

江成は顎の先から反吐混じりの唾をぶらぶらさせながら小宮山を指差し怒鳴った。

「ひどい！　ひとでなしだ」

「ママどうすんの、どうすんの⁉」

「誰か警察呼んで！」

「毒もられた！」

女たちのパニックの中で、小宮山は悟った。

江成は、自分の判断ミスで子供を昏睡させてしまったという都合の悪い現実を受け容れられない、だから他人に罪をなすりつけようとしている。自分が悪いという明らかな証拠はないから、大声で泣き喚いて被害を訴えればみんな自分の味方をしてくれる。

そういう責任転嫁自称被害者女を、小宮山はこのシェルターで働きだしてからこれまで五十人くらい見てきた。

そういう女を、世間では演技性人格障害者と呼ぶらしいが、そんなの長ったらしい。きちがいで充分だ。それしかない。

しかも目の前で自分を指差して喚いているこの女は、これまでで最も性質が悪かった。しゃれにならない。あたしを人殺しに仕立てようとしている。

「あんたら、この女が子供に薬飲ませるとこ見ただろ⁉　同じ部屋なんだから見ただろ？」

小宮山は同室の女たちに訊いた。

「見てない！」「見てないよっ」「知らない」という言葉が一斉に返ってきた。

「桶石、あんた全部聞いてただろ、あたしとこの馬鹿とのやりとりを」

小宮山は桶石に助けを求めた。この場はそうする他ない。

「あ、あ、あ、はいはい、はいはいはい、はいはいはいはい」

桶石は頭の中が白くなってしまったらしい。

「このでか女はこのおばさんの子分よ、信じちゃ駄目！」

「なんだか気持ち悪い」

一人の母親が言って胸を押さえた。

「変よ、体が変な感じ」

「気のせいだ馬鹿っ、真に受けるなっ！」小宮山は怒鳴った。「少しは理性を働かせろっ！」

「桃代っ、今すぐ吐きなさい！　指を入れて吐くの！」

狂った江成のたわごとを信じる母親があらわれてしまった。

「やだよ吐きたくない！」

「吐かないと死んじゃうのよぉ！」

母親が嫌がる娘の口を無理やりこじ開けて指を突っ込む。それを見た母親たちも真似し始めた。子供に吐かせ、自分も吐く。

あっという間に部屋も廊下も悪夢のようなゲロ地獄になった。

非常に残念だが、理性のブレーキがきいて「みんなちょっと落ち着こうよ」と言い出す人間は一人もいなかった。それが哀しくて、恐ろしくて、腹が立つ。

小宮山の中で糸が一本、いや、七本くらい一気に切れた。

嘘つきできちがいの責任転嫁自称被害者女・江成に向かって、二歩助走をつけて顔にとび蹴りを放った。

◆

「私には、前科があります」

小宮山は打ち明けた。

「それも、ひとつではなく、いくつかの……」

「詳しく聞きたいわね」

ＮＰＯ『あるまじろ』の関東支局代表の女性が言った。

「勿論、話したくなければ無理に話さなくてもいいわ。話さないから採用しないというわけじゃないから。だけど、できることならあなたのバックグラウンドを知っておきたいの。これは普通の仕事とはちょっと違うから」

代表は（ちょっと）を強調した。

「わかりました。……はじめは、二十歳の時で、当時付き合っていた年上の男性をアパートの階段から突き落としました。その人は右足と顎の骨を折ってしまいました」

「なんで突き落としたの？」

「待ち伏せして、やったんです。その人、二股かけていたんです」

「じゃあその男が悪いわね。起訴されたの？」

「いいえ、不起訴になりました」

「当然よ、他は？」

「二十代後半にバイト先の居酒屋の店長にしつこく言い寄られてて、ある晩、残業を命じられて店長と二人だけになってしまい、絶対に何かしてくるなって思っていたら、やっぱり後ろから胸を触ってきたので、エプロンのポケットにさしていたボールペンで店長の頬を刺してやりました」

「スカッとするわ、そういう話を聞くと」

「……でも逮捕されて、今度は起訴されて、罰金刑でした。店長から身を守るためにやったって主張したんですけど、通りませんでした」

「残念だったわね。ここ十年以内ではないの？」

「……あります」

「是非聞かせて欲しいわ」

代表は机に肘をついて手の甲に顎を乗せ、少し身を乗り出した。

「ええと…三十三の時に…初めて年下の男性と付き合って…」

「いくつ下？」

「六つです」

「続けて」

「だけど、三ヶ月くらいで向こうがあんまり電話かけてこなくなってメールもこなくなって、自然消滅を狙ってるなって思えたから、あたしはそういうけじめつけようとしない男が許せないから、とにかく時間を作って会おうってしつこくメールや電話して、でもなかなか返信しないから一日に百通くらいメール送ったり、夜中に三十回くらい電話して、それでも無視を続けるから、あたしも頭にきて（今から家に行く）とか（返答次第ではあんたの大事なものを奪うから覚悟しといて）とか、あと（あんまりふざけた対応してると、ちょっと人には言えない仕事してる知り合いに相談して力になってもらうよ）とか…それでも返信がこないから完全に馬鹿にされてるんだと思って（三ヶ月間の時間が帰せないなら三百万の慰謝料を払ってもらいます。拒否したらあんたもあんたの家族もそれなりの代償を支払うことになる）とか他にもいろいろメールして…」

話しているうちに自然と背中が丸まって、頭が垂れてくる。

「それでもなんの返信もないから、こんなクズにかかわってしまった自分に人を見る目がなかったんだと思ってあきらめるしかないって…それでメールを送るのを我慢していたら、たくさんメールを送った日の四日後に警察から電話がかかってきて話を聞きたいから出頭して欲しいって言われて、話を聞くだけならって思って出頭したら取り調べを受けてそのまま逮捕されて、検察に送られて二十日間拘留されて、それも罰金刑でした」

数秒の沈黙を経てから、代表が言った。

「そう、つらかったわね。まだ、あるんでしょう？」

小宮山は黙っていた。

「この際、全部吐き出してしまった方が、気持ちが楽になるわよ。あなたが話したことはここだけのことで、あたしはあなたから聞いたことを誰にも話さないと約束する」

小宮山は小さくうなずいた。確かにここまで話してしまったら、いっそあれとあれも話さないと心のバランスが悪い。

「三十八歳になって、初めて自分のパソコンを持って、それをインターネットにつないで、しばらくネットにはまっていた頃のことなんですけど……いろんな人間のブログを見ていて、その中で、どうしてもこいつだけは許せないっていう人格の歪んでる自称俳優の男のブログに（お前の芝居なんか誰がみるか死ねよカス）みたいなことを書き込んだら、次からコメントできなくなって、新しいカウントを作ってました…」

「アカウントよ」

代表が得意げに訂正した。

「すみません、新しいアカウントからコメントを残すということを何度か繰り返していたら、ある日（警告します）っていうタイトルのダイレクトメッセージが来て、相手はその俳優の所属事務所の社長とか言ってるけど、文章の下手なところが俳優本人からとしか思えないので（お前も死ね）とか（人前に出られない姿形にしてやろうか）とか、その他いろいろ書いてメッセージ送ったら、こっちが他に興味が移ってすっかりどうでもよくなった二ヶ月後くらいに突然警察から電話がかかってきてまた呼び出されて、逃げようかと思ったけど、逃げたら懲役になるかもしれないと思って仕方なく出頭したらまたその場で逮捕されて、今度は起訴されるだろうって思って弁護士さんもそうなる確率が高いって言ってたんですけど、起訴猶予になって終わりました」

「ラッキーね」

小宮山はうなずいた。

「それから？」

「それから……自転車同士の事故です。あたしが、50メートルくらい前方の信号が青で、もうすぐ赤になりそうだったから全力で走ったら、横から買い物袋をかごに乗せた男が飛び出してきて思いっきりぶつかって、二人とも転げ落ちて擦り傷とか打撲傷を作って、男のかごから落ちた卵が割れて、そいつがこっちは徐行していたのにお前が全速力で突っ込んで来た、傷害罪で訴えるし、開店に間に合わなくなったら損害賠償も請求するとか興奮してわめいて警察を呼ぼうとしたからあたしも本当に頭にきて、そいつの足を蹴って、それからそいつの買い物袋を取って中身を全部車道にばらまいてやったんです、そしたらたまたま目の前を通りがかった中学生男子の目に豚肉のパックが当たって…二件の傷害で起訴されて…それで、懲役二年、執行猶予三年の刑をくらってしまいました」

「……なるほど」

「私、正直に話し過ぎましたでしょうか」

小宮山は訊かずにいられなかった。

「そんなことないわよ」代表が机から肘を離し、背もたれに体を預けて言った。

「他にも、小さいことは数え切れないほどあります」

「ふむ…」

小宮山は心の中ですっかり帰り支度を済ませていた。

いくらほかと（ちょっと）違う仕事であったとしてもこんな人間、誰が雇うものか。

「最近は、何も起こしていないのね？」

小宮山はうなずいた。

「ここ三年くらいは、あまり外に出ないようにしていて、パソコンも壊れたので捨てて、ケータイでネットを見ることもしていません」

おかげで世界からすっかり置き去りにされて追いつける見込みもない。

「小宮山さん、過去は過去よ」

代表が言って、腕組みした。

「あなたのこれまでの人生は何かと揉め事が多かったし、それらへの対応がまずかったことは否めない。けれどね、あなたは根っこは悪い人間ではないとあたしは思う」

悪い人間ではないと言われ、なぜか小宮山の心臓の鼓動が早くなった。

「あなたのいいところはね…」

（いいところ）と聞いてさらに鼓動が早くなった。今の話からいいところを感じられるなんて只者ではない。

「男の横暴を絶対に許さないところよ。それを貫ける女性はなかなかいないのよ。そしてそういう強さをもった女性でないとこの仕事は続かないわ。男の暴力と戦う仕事なんだから。今まで何度かその気持ちが強過ぎてちょっとやりすぎてしまったとはいえ、この三年は自分をきちんと抑えられている」

「まぁ、外に出るお金がないということもありますし…」

「あなたはこれから、落ち着いた堅実な人生を送れるわよ、大丈夫。よかったわ、いろいろ話を聞けて」

「……はい」

で、採用してもらえるのか？

「あとひとつ」

「はい？」

「答えにくい質問かもしれないけど、大事なことだから訊くわね。あなた、同性愛者ではないわね？」

「それは絶対ありません」

◆

顔面キックをくらった江成の後頭部が壁にめり込んだ。

こいつだけは本当に許せない、クズ中のクズのゲスのゴミのウンコの鼻くそだ。

ところがそのクズ中のクズの戯言《たわごと》を真に受けてしまった女の一人が小宮山の脚に抱きついて捕らえようとした。

タックルを食らった小宮山はべったん、とゲロのついた布団に顔から突っ込んだ。

「離せ馬鹿っ！」

小宮山は無我夢中で右足を引き抜き、その母親の額を陥没させるほど強く蹴った。

周囲の女たちが、自分が蹴られたような悲鳴を上げた。

自由になると立ち上がって、おろおろしている桶石の手を取って引っ張った。

二人は転げ落ちるように階段を駆け下り、職員室に向かって逃げる。口から心臓が飛び出しそうだ。

外に逃げたくても、逃げたら吹雪で死ぬ。逃げ場は職員室しかない。

女たちも追いかけてくる。足音がすぐ後ろまで迫っている。

「子供殺しいいい！」

「人殺しだあっ！」

「捕まえろっ」

自分の部屋に飛び込む寸前に、足の速い女の一人に追いつかれ、髪の毛を掴まれた。

「待てこのブスばばあ！」

さきほど子供と一緒に自分たち以外のすべての女をブス呼ばわりしていた松原だった。

小宮山は女の手を振りほどこうともがいた。

「よくも殺そうとしたな、このブスう！」

こんな情況でもブスを連発する。

「うおおおおっ！」

突如桶石が、鎖を解かれた野獣のような声を上げ、松原の目に大きな拳をがつんと叩き込み、さらに松原の髪の毛を掴んでぐっと頭を下げ、その顔を膝で破壊した。二回蹴り上げられた鼻が潰れ、前歯が折れ、眼窩から血の涙がどろっと滴った。

この女は実に頼もしい兵隊となった。

◆

道路も畑も他人の庭もすべてが等しく厚い雪に覆われてしまうと、目的地まで直線で行けるというすばらしい利点がある。

交通ルールなど吹雪が蹴散らしてしまった。

はっきり言って、気持ちいい。加速や減速、体重移動のコツもだいぶ飲み込めてきた。普通の二輪車にはないグリップウォーマーの効果も大きい。手を暖めてくれるコレのおかげで凍えずに済む。

緩やかな斜面を横断して滑りそうになった時に、ハンドルを斜面の下側に向かって切らねばいけないのに誤って上側に切ってしまい、そのせいでスタックしてしまったが、西岡の助けにより十分ほどで復活できた。いいコンビネーションができている。

視界がもう少しよければ最高なのだが、贅沢は言えない。もっとも視界が良好だったとしてもどうせあたり一面雪なので、目的地へたどり着くにはGPSだけが頼りだ。

日没が迫っている。

前を行く西岡が減速してちらりとこちらを見たので、何か話があるのだろうと思い、寺井も減速して西岡の左に並んだ。

「なかなかいいペースだ！」西岡が怒鳴った。「うまくいけば一時間以内にシェルターに着けると思う。大丈夫か？」

「大丈夫！　気分いいです！」寺井は快活に答えた。

「シェルターに、俺の娘はもういないかもしれない」西岡が言った。「勿論、いて欲しいが世の中そう甘くないことはわかってる！」

寺井は頷いた。

「でもな、もしいなかったとしてもそれで終わりじゃない。俺らは胸糞悪いフェミニストどもが作ったクソシェルターの実体を世間に晒してやるんだ」

西岡の声はかなり高揚している。

「弱者の救済とか、耳触りのいい御託の下に家族を引き裂いて自殺やアル中や欝病を増やす偽善家畜小屋の醜さを世間に晒して問題をでっかくしてやる！　やってやる」

スノーモービルを運転しながらよくそんなに淀みなく喋れるものだ。

「その意気ですよ、俺もまったく同じ気持ちです！」

寺井のその言葉に偽りはなかった。

「正義面した本当に醜い化け物を、俺たちが世間に見せてやろう！」

「やりましょう！」

西岡がまた加速し、寺井も後を追った。

◆

「これだよ」

安藤さんが物置からスキー道具一式を抱えて戻ってきた。

「孫は足がでっかいからあんたにはぶかぶかだぞ」

「それは詰め物してなんとかします」恩田孝美は言った。

「本当に行くつもりなの？」

安藤さんの奥さんがまた同じことを訊く。

「あたしが行かないと、みんなが飢え死にしてしまうんです」

「人間水さえ飲んでれば三日くらい食わなくても死にゃせんよ」

安藤さんが言って、道具一式をどさっと床に落とした。

「でも、小さな子供も大勢いるし、小宮山さんがきっと困ってると思うんです。みんなが不満を言い出したらあの人だけじゃ手に負えないし、それにあの人もカッとなりやすいところがあるから、女性たちに暴力ふるってしまうかもしれない。そんなときにあたし一人だけここで安全にぬくぬくしてるわけにはいかなくて……」

「そんなふうに負い目を感じる必要はない。この雪じゃどうしようもないだろう。それに、この雪であんた自身が遭難してしまったら送り出した俺らがこの先ずっと後悔することになる」

「そうよ」

「いくらあんたが学生時代にクロスカントリーの真似事やってたからって、この吹雪の中一人で何キロも離れた職場に食い物届けに行くのは無謀だ。考え直さんか？」

「でも、地図もGPSもコンパスあるし……」

「そういうものを過信するのはいかんと思う」安藤さんが言い切った。「あんたが同僚と保護されてる母子たちを心配する気持ちはよくわかる。でもあんた一人で人数分の食料を担いで行くのはいくらなんでも無謀過ぎる。そこで提案だが、俺も一緒に行くのはどうだ？」

「え？」

「あんた？」

恩田と奥さんが同時に声を上げた。

「俺の配達車で行けるところまで行って、そこから二人で、スキーでシェルターまで行く。スキーはもう一組あるんだ、俺自身のが」

「でも、シェルターの場所は、たとえ安藤さんにも教えることはできな…」

「まだそんなこと言っとるんか！」

初めて安藤さんが声を荒げた。

「確かに機密も大事だが、同僚と入所者を助けたいんなら、一人で向かって遭難でもしたら大バカだろうが。あんた、俺がシェルターの場所を他人に言いふらすとでも思ってるのか？　あんたのシェルターはうちの弁当屋一番のおとくいさんなんだぞ。おとくいさん失うような真似を俺がすると思うか？」

「そうよ恩田さん、ウチの人、口は固いわよ」奥さんが言った。「それだけが取り柄なんだから」

「あんたが俺を信用できずにどうしても一人で行くっていうんなら、スキーもＧＰＳも貸せん。さぁどうする⁉」

安藤さんが怖い顔で返答を迫った。

恩田はなぜだか涙が滲んできた。

「どうするんだっ！」安藤さんがもう一度訊いた。「早く決めてくれないと、俺の気持ちも萎えちまう」

「わかりました」恩田は答えた。「小宮山さんと母子たちを助けたいので、一緒にきていただけますか？」

「よし、じゃあタイヤにチェーンを取り付けるから、あんたはスキーウェアに着替えて待ってろ」

安藤さんは言って、ガレージに向かった。

奥さんが恩田の肩に手を置いて言った。

「あたしは缶詰とかレトルトパックとか用意するわね」

恩田は半泣きの面で「お願いします」と言って、やや時代遅れなデザインのスキーパンツを手に取った。

◆

アクセルを全開にして小さな丘の頂上にたどり着いたところで、西岡が停止してキャップにこびりついた雪を両手で払い落とした。

寺井も彼の隣に停車し、真上に伸び上がってから両足にぐっと力をこめる動作を数回繰り返し、足元の雪を固め車体を安定させた。

西岡はゴーグルを外して小型の双眼鏡で眼下の眺めを見てからGPSで位置確認し、それからもう一度双眼鏡で丘のふもとを見て、寺井の顔を見て言った。

「たぶん、あの二階建ての建物がそうだ。これで見てみろ」

西岡が双眼鏡のレンズを指先で拭いてから寺井に渡した。

「どこです?」

「俺の示す手の先をよく見てみろ」

寺井もゴーグルを外して双眼鏡を目に当てた。ぼんやりとしているが、確かに建物が見えた。

「あれが？」

　少し双眼鏡を動かすと建物から30メートルほど離れたところに雪に埋もれかけた車が見えた。

「それじゃもしかして、あそこにとまってる車がハンターKさんの？」

「車？　貸してくれ」

　寺井は双眼鏡を返しておよその位置を教えてやった。

「あれか、そうだな、多分あれだと思う。俺たち、ついにやったんだ。いや、勿論、大事なのはここから先だが」

「じゃあ、まずハンターKさんの車のところまで行きますか？」

「そうしよう、彼にもプランがあるだろうからまずそれを聞こう」西岡は言って双眼鏡をしまい、ゴーグルを装着した。寺井も彼に倣った。

「でも西岡さん、このスノーモービルで近づいたらエンジン音で気づかれませんか？　シェルターの連中に」

「音が聞こえたからってあいつらに何ができるってんだ？　わらわら逃げ出すのか？　吹雪の中を？　警察に通報しようにも断線してるかもしれないし、通じたとしても不審なエンジン音がしてるってだけで出動するほど警察はヒマじゃない。今はきっと県警創設以来のてんてこまいだろうよ」

言われてみれば確かにその通りだ。気にしてもしょうがない。

「さ、車のところまでひと滑りだ」

西岡は言い、一気に斜面を下っていった。寺井も彼を追った。

斜面を下り切ったが車が見つからない。あまりにも視界が悪いからだ。風も丘にいたときより強い。時折襲う突風はまるでスノーモービルを転覆させてやろうという悪意を持っているようだ。

「おい！　あそこだ！」

西岡が見つけた。

車のルーフにもボンネットにも20センチ以上もの雪が積もっていた。これ以上積もったらそれが車なのかどうかさえわからなくなるだろう。

二人は足場を踏み固めてからエンジンを切ってスノーモービルから降りた。途端に足がずぼっと雪にはまりこんだ。

ほんの2メートルほどの距離を一歩ずつ雪から足を引き抜きながら二分以上もかかって車にたどり着いた。寺井は三歩で腰が痛くなった。

「おい、いるか⁉」

西岡が助手席のサイドウインドウにへばりついた雪を掌で掻き落として中を覗き込

を振り回す。

　寺井は彼に両手を貸して助け起こした。

「どうしたんですか！」

「変だぁ！」

「え？」

「ヤってるけど変だぁ！」

　西岡のその発言も変だった。彼は見てみろというように車を指差した。

　寺井は西岡から手を離し、腰の痛い二歩で車にたどり着き、中を覗き込んだ。

　そして息を呑んだ。

　めいっぱい後ろに倒した助手席の上で、下半身だけ脱いだ男女が行為の途中でポーズボタンを押されたように止まっていた。

　見たくはないが男の密生した尻毛が寺井の目に飛び込んで焼きついた。

　二人は、秘宝館の卑猥な蝋人形のように静止している。男は両腕をだらりとたらして、若い女の首筋に顔を押しつけて力尽きていた。女の顔はまるでもっとも気持ちよい瞬間に時間を止められたかのようであった。ほんのりと赤みがさしたやけにそそる苦悶顔だ。

「なんなんだぁ！」寺井は叫んだ。

ドアノブを掴んで引きあけようとしたがロックされている。

「なんなんだお前らぁ！」寺井はもう一度叫んだ。

「くたばったんだよ！」西岡が言った。「見りゃわかるだろ」

「やってる途中で二人同時にくたばったのか⁉」

「これはもしかしたら、一酸化炭素中毒かもしれない」

「え？」

「昔、知り合いから一酸化炭素中毒で死んだ友人の話を聞いたことがある。そいつもこの女と同じような苦悶の顔で、だけど血色はやけによかったらしい」

「どうして車内で中毒になるんだ？　練炭焚いてるわけでもないのに」

西岡が両手で寺井のジャケットを掴んで乱暴に引き寄せた。

「そんなことより、これからどうするんだ、俺たち二人しかいないぞ！」

「二人でもやるしかないでしょ！」

「どうやって⁉」

「いいからちょっと落ち着いて！　この車の中に何か使える道具があるかもしれない、ハンターKは殴りこむつもりでいたんだから。彼のリュックがそこにある。なんだか色々入ってそうだ。トランクにもなにかあるかもしれない」

「何かあってもドアがロックされてちゃしょうがない」

「スノーモービルのスキーでウインドウが割れるんじゃ？　軽く突っ込んで」

その提案に、西岡は寺井から手を離した。

「そうだ、それがいい。俺がやる」

◆

小宮山は部屋に飛び込んで、後から飛び込んだ桶石がドアを閉めてロックした。

「出て来い子供殺しぃ！」「開けろぉ！」「ひとでなしっ、悪魔っ」「警察に突き出してやる」「死刑にしてやる！」

被害妄想で狂った女たちがドアを破壊しようとする。実際、破壊されかねない。もともとドアはちゃちな合板の代物なのだ。

数が多いから強気だ、こいつら。

ここまで怒り狂った女たちを説得して落ち着かせる話術など持ち合わせていないし、自分は何も悪くないのに人殺し呼ばわりされて小宮山は活火山のごとく怒り狂っていた。

これまでいったい、誰がお前らを男の暴力から守ってやったと思ってるんだ。その恩を忘れやがって、というかはなから恩なんか感じてなかっただろ、クズどもが。

「なめやがって！」

全身の細胞が怒りで熱せられて鍋の中のポップコーンのように跳ね回る。

「あたしをなめやがってぇ！」

机の引き出しから、事務用鋏を取りだした。それはもはやただの鋏ではない。

「桶石っ、受け取れっ！」

小宮山は両手でドアを押さえている桶石に鋏を放った。桶石はそれを片方の手で見事にキャッチした。まるで戦いの女神が自分たちに味方して一時的に桶石の反射神経を良くしてくれたかのようだ。

小宮山は壁のフックに掛けてある刺股を掴んだ。

「小宮山さん、どうするの！」桶石が訊いた。

「殺さないとこっちが殺《や》られる」小宮山は事実を言った。

「親切でおにぎりを握ってやったのにあたしたちを殺そうとする女どもなんか、生きてる価値ないよ、あるもんか！」

その言葉に、桶石が目に涙を浮かべて頷いた。そして言った。

「あたし、小宮山さんと戦います」

小宮山は歯を剥いてにかっと笑った。

するとと桶石も歯を剥いてにかっと笑った。それは小宮山ですら失禁しそうな恐ろしい形相だった。

その瞬間、小宮山は恐怖の中で悟った。この桶石という女は、外見こそ似ても似つかないが自分と同類だったのだ。自分は表層意識の下でこの女が仲間であるということに気づいていたのだ。そして今、この生死を分ける状況で気持ちが通じ合った。

「開けろ！」小宮山は命じた。「殺れっ！」

桶石が左手でロックを外すと、女が一人つんのめるようにして飛び込んできた。桶石は何のためらいも見せずにその女の腹をぶっ刺した。まるでよく研いだ包丁のように鋏の先がずぶっと入った。

ざくざくざくざくっと四回すばやく刺す。まるで何かの職人のような動きだ。

それを見て小宮山はスカッとした。視界が一段明るくなった。楽しくなった。相手が男だろうと女だろうと、馬鹿を倒すのは楽しいし、正しい。

桶石は鋏を引き抜くとすぐに二匹目の女に狙いを定め、突進した。女どもがきゃあきゃあ喚きながら逃げ散る。桶石は追いかけていった。

「ぶっ殺せええ桶石ぃぃ！」

刺股を振り上げ、小宮山は叫んだ。

「あっ、でも子供は殺すなよっ！」

桶石に聞こえたかどうかはわからない。

◆

寺井にも西岡にも知りようのないことだが、ハンターKの遺品であるチェーンソーは、ホームセンターで売っている軽量性ばかりが重視されて強度と耐久性が二の次になっているようなちゃちなアマチュアユースの物とは違い、山梨の森林組合の販売代理店から購入した二十万円超えのとてつもなくタフで馬力のあるプロユース機であった。

寺井はそれを使ってドアに二箇所、三角形の二辺を描くように軽々と切れ目を入れ、西岡がこれもハンターKの遺品のでかい斧を切れ目の間に叩きつけた。するとバキンという音と共に大きな穴が開いたが、そこで二人は目を丸くした。ドアの向こうにはもう一枚のドアがあったのだ。小賢しい暴漢対策と言わずしてなんと言おうか、くだらない。

「ぶち切ったれ！」西岡が叫んだ。

「おおっ！」

寺井はチェーンソーでさらに切れ目を入れて、西岡が壊した。それから二枚目のドアにかかる。一枚目よりも硬く分厚い材でなかなか刃が食い込んでいかない。

このドアの向こうに桃代が、西岡の娘が、道半ばにして無念の思いで死んだハンターKの娘が、いるかもしれない。いると信じてドアを切り刻む。

こんなドアで俺らの怒りを止められると思ってるのかボケがっ！　こっちは１００トンの雪を一瞬で溶かせるくらい怒りの炎が燃え盛っているんだぞ。よくも今まで俺をコケにしてくれたな！

刃の先がずるっと入っていった。今度は刃を真下に向かって押しつける。

「早く早く、女どもに戦う準備をさせるな！」

西岡が急かす。

「ここは俺にまかせて別な出入り口がないか確認してくれ！」寺井は怒鳴った。「窓から逃げ出すやつもいるかもしれな……」

ドアの向こう側からややくぐもったすさまじい女の悲鳴が聞こえた。次の瞬間にドアの切れ目からどぴゅっと赤い血が噴き出した。

ドアの内側に人がいたのだ。チェーンソーの刃を通して指先に伝わる感触も変だ。人を切っている。

絶叫はまだ続く。あわてて刃を引き抜くと、そこに黒い髪の毛と皮膚の破片と筋肉らしきものがからみついていた。

「なにしてんだ、休むな！」

西岡に怒鳴られ、寺井は吐き気をこらえつつ二つ目の切れ目に取りかかった。

充分な長さの切れ目を入れると寺井はブレイドを引き抜いて後ろにさがった。西岡が斧を叩きつける。コカインでも決めたのかと思うくらいパワフルで間断ない。

仕上げは西岡のキックだった。人が潜り抜けられるほどの穴が開くと、西岡は奇声を発して突進した。寺岡もつづく。

ブーツの底がぐにゃっと人の背中を踏みつけた。

玄関には三人の女と一人の女の子が転がされていた。全員がまるでここから逃げようとしているかのように頭をドアに向けている。寺井によって頭をチェーンソーで切られた女は自分の血の池に浸って、頭を切られたショックによりぶるぶると痙攣している。

そして女はなぜか腹と胸からも大量に失血していた。

寺井と西岡は互いの顔を見合わせた。

寺井はチェーンソーを床に捨てて、まずうつ伏せに倒れている女の子に手をかけて仰向けにした。

桃代ではなかった。

胸を刺され息絶えていた。痛ましいとか可哀想とか思う前に、自分の娘じゃなくてよかったと思った。

「俺の娘じゃない」西岡も言った。

死体は玄関だけでなく、その奥にも転がっていた。

「なんなんだこれっ！　みんな死んでるじゃないか、なんでだあっ！」

叫ばずにいられなかった。正気が溶けて流れて消えてしまいそうだ。

「知るかっ！」西岡が叫んだ。

「とにかくここはろくでもない場所ってことだ」西岡は吐き捨てた。「女子供を保護する場所だなんて、やっぱり嘘だったんだ。収容所だ、いや、処刑場だ」

確かにその通りだ、まともじゃない。

どうしよう、この頭を切ってしまった女、切った時はまだ息があったの……。

暗がりから何者かが突進してきた。巨体のおばさんだった。理由はわからないが左目から血を流していた。

あまりにも異様かつ唐突だったので寺井も西岡も反応が遅れた。

おばさんの体当たりを食らった寺井は吹っ飛ばされた。

「男おおお！」

おばさんが吠えつつのしかかり、手に持った何かで寺井の顔を殴りつけた。殴られた寺井に気づく余裕はなかったが、それはおにぎりを綺麗に三角形にするためのおにぎり型押し器だった。

寺井の口と鼻の中が切れて血が噴き出した。意識が遠くなる。

おばさんはすぐさま次の攻撃に移った。斧を振り上げた西岡の懐に、抱きつくように飛び込み、西岡の下唇に囓《かじ》りついて引っ張った。

西岡は聞く者の背筋を寒くするやや女性的な悲鳴を上げ、斧を落とし、おばさんの頭を掴んで引き離そうとしたが、下唇が余計に引っ張られて激痛で失禁した。

寺井は遠のきかけた意識を必死に取り戻して、西岡が落とした斧の刃に近いところを掴んでよろけつつ立ち上がり、おばさんの右膝の裏の腱を狙って叩き込んだ。大事なところがざっくりと切れる手応えを感じた。飛び散った血がゴーグルに飛んでぴちゃっとへばりついた。

おばさんの膝がかくんと折れて横様にぶっ倒れた。寺井は斧の刃の逆側でおばさんの即頭部をぶん殴り、静かにさせた。斧の刃で頭を潰さなかったのはせめてもの温情と、余計な罪を背負って桃代と逃げたくない気持ちからであった。

西岡は口を両手で押さえうずくまっている。

「西岡さん大丈夫か！」

「ころもうぉ！」

西岡が指の間からだらだら血を流しながら叫んだ。

「ころもうぉふぁあぐ！」

子供を早く、と言ったらしい。

「探しましょう」

寺井は西岡に肩を貸して立たせた。

「桃代おおお！」

「ゆいなあぁ！」

◆

小宮山とその子分の図体のでかい女が狂って始めた殺戮の混乱の中で、根岸桔香は娘の桃代とはぐれてしまった。手を引っ張ろうとしたのに桃代は逃げていった。まるで母親を信じていないかのように。さっき無理やり口の中に指を入れて吐かせたことを怒っているのかもしれない。

桃代を探している時、だしぬけに玄関のドアがチェーンソーで破壊され、男が二人侵入してきた。

桔香は見つかったら殺されかねないことを確信した。

しかも最悪なことに押し入ってきた二人の男の片方の声が、夫の寺井だった。あの声は間違いようがない。

もう本当にわけがわからない。

巨体の女も小宮山も消えている。きっと隠れたのだ。

自分も隠れないと、それも今すぐに。桔香は恐怖のあまり少々漏らした。

飛び込んだのは小宮山の部屋だった。誰もいない。鍵をかけようとしたが、鍵をかけたら自分がここに隠れていることを教えるようなものだ。こんなドア、斧やチェーンソーで簡単に壊されてしまう。

桔香の喉から小さな泣き声が漏れた。

こんな小さな部屋に隠れる場所はないとわかっていても、ついつい隠れ場所を探してしまう。

ふいに視界に奇妙な四角い黒い穴が飛び込んだ。桔香は後先考えずにそこに飛び込んだ。

驚いたことにそこは竪穴で、梯子が屋根の高さにまで伸びていた。

天の助けとはまさにこのことだ。

きっとＮＰＯは最悪の事態も想定してこの秘密通路を作っておいたんだ、すばらしい。

とにかく上れ。

たとえ入り口を見つけられたとしても、この小さい狭い穴に男は入ってこられまい。入れたとしても途中でつかえる。よく考えられている。

桃代はくれてやる。仕方ない。

でも、今だけだ。このままじゃすまさない。あたしはDV被害者なんだ。警察を使ってお前を地の果てまでも追い詰めておまわりに逮捕させて、必ずもう一度、桃代を奪い返す。そして刑務所にぶち込み、たとえ服役中だろうと養育費ふんだくってやる。死ぬまでむしってやる、お前が死んだらお前の両親からむしってやる。

このままじゃすまさない、あたしが被害者だ、このままじゃすまさない、あたしが絶対に百パーセント正しい正義の被害者なんだ、このままじゃ…。

頭上にまた四角い穴が現れた。どうやら横穴に通じる入り口のようだ。ここに入ってしまえ。たとえ寺井に竪穴への入り口を見つけられても、これはきっと見つけられまい。

頭から横穴に入り、両肘を使って奥に這い進もうとした瞬間、すぐ傍で押し殺した小宮山の声がした。

「このバカ女、こっち来るんじゃないよ！」

足の裏で頭を思い切り、しかも何度も蹴られて、桔香は竪穴をフリーフォールした。今回ばかりはスリムな体が祟《たた》った。

地面に激突して足の骨が折れ、それが皮膚を突き破って飛び出しても、悲鳴をあげることも泣くこともできなかった。なぜなら狂った寺井とその仲間に見つかるから。

◆

どこもかしこも死体と血と反吐と小便だった。

壁には血まみれの手で触った血痕がべたべたとへばりついていた。天井にまで返り血が飛んでいた。

まさか、こんな謎の殺戮地獄を見るはめになるなんてこれっぽっちも予想していなかった。

自分が妄想の中で何度も行ったシェルターでの虐殺を、誰かが現実でこれ以上ないくらい徹底的にやってしまったのだ。

誰が？

もしかしてハンターK？　俺たちの到着を待ちきれずに一人で殴りこんだのか？

そして殺し終えてから車内で勝利のセックスをしてはずみで死んだのか？

いやそれは違う、ハンターKはまったく返り血を浴びていなかったし、シェルターのドアは施錠されていたし…。

そこまで考えて寺井は頭を振った。

そんなことより桃代だ、今は桃代以外のことなんか考えても仕方ない。

「桃代おおおっ！」

「おい、用心しろ」

西岡が死んでいる女子供たちと同じくらい青白い顔で言った。

「女子供を殺した奴がどこかに隠れてる」

「さっきの狂ったでかい女じゃないのか」

「女一人でこんなに殺せるか⁉」

西岡の疑問はもっともだった。しかし、それより娘だ。

「寺井桃代お、いるかぁ、パパだよぉ！」

「西岡ゆいなぁ、パパが助けにきたぞぉ！」

廊下に倒れている子供を見つけて駆け寄り抱き起こしたが、いずれも寺井の娘でも西岡の娘でもなく、息もしていなかった。

脳味噌がぐずぐずと崩れて溶け出しそうなほどの恐怖に蝕まれ、寺井は四つんばいになって何度も嘔吐した。

「しっかりしろ、あきらめるな」

西岡が泣き声交じりの声で言って、寺井の背中をさすった。

「ここまで来たんだ、たとえ死んでいても俺はこの手で娘を抱いて、家に連れて帰る。お前だってそうだろ」

西岡の言葉に、寺井は頷き、もう一度斧を手に立ち上がった。

「全部の部屋を調べよう」西岡が言った。

「ああ」寺井は答え、唾を吐いた。

一階の奥の部屋から始めた。

頭を割られた者、刺された者、首を捻《ひね》られた者、死体はさまざまだ。

いったい、どれだけ狂えばここまでためらいなく女子供を殺せるのか。自分だって
西岡だって女が憎いが、ここまではできないだろう。

誰がやったにせよ、ここまでする必要があったのか？

「もしかして、仲間割れが起きたんじゃないのか」

西岡がぼそりと言った。

「女同士の？」

「ああ、エアコンが止まってる、多分大雪で壊れたんだ」

西岡に言われ、寺井は今頃気づいた。確かに室内とは思えないほど寒い。

「寒くて、食い物もなくて、救助もこなくて、絶望して、それで些細なことから仲間
割れが起きて、殺し合いになったのかも」

「女がこんな殺し合いをするなんて、信じられない」

寺井の言葉に、西岡は鼻であざ笑った。

「こんな救いのない施設にいる女なんて、その瞬間の感情だけで生きてるようなもんだ。なんかありゃすぐに衝突してたに決まってる。いじめや喧嘩もしょっちゅうだったろうよ」

確かに、こんな陰鬱で閉鎖的なところに閉じ込められていればストレスがこうじて喧嘩やいじめが起きただろう。

「それに、殺しに女も男も関係ない、狂ったら殺す、それが人間だろ。俺だってここに飛び込むまでは邪魔する女はみんな叩き殺すつもりだった」

「でも、殺るつもりと本当に殺るのとでは…」

その時、廊下にうつぶせになっていた女の死体がごろんと動いて転がった。

寺井も西岡も恐怖に絶叫し、尻餅をついた。

「パパっ」

死体の下から女の子が這い出てきた。

桃代だった。娘だった。

死体の下に隠れて生き延びたのだ。

寺井は斧を捨て、両手を前方に突き出して走った。そして娘を抱き上げ、きつく抱きしめた。

何があったかわからないが、桃代は生きていた。

それで充分だ。他のことなんかどうでもいい。抱きしめた娘の髪の匂いを嗅いだその瞬間、寺井の脳味噌からどっと快楽物質が分泌され、視界が明るくなって、疲弊してかつ恐怖により縮こまっていた筋肉に瞬時に力がみなぎった。

桃代はショックで軽く呆けているようだった。今は何を訊いても無駄だ。特にママはどうしたんだなどとは訊けない。

それに、寺井にしてみればこの謎の虐殺の中で桔香が死んでいても全然構わない。

西岡が寺井の肩を叩いて言った。

「上の階を見てくる」

寺井が頷くと、西岡は「ゆいなはいるか、西岡ゆいなぁ！」と呼びながら階段を上っていった。

二分ほど、階上で歩き回ったり蹴飛ばしたりする音が続いた。

「ちくしょおおおお！」

西岡の絶望的な叫び声がした。

「いねえ！　死体もねえ！」

愛娘《まなむすめ》がもうここにはいないかもしれないということはお互いに覚悟していたはずだ。

しかし、本当にいなかった無念さは察するに余りある。自分は本当に幸運だった。やはり行動が早かったのがよかったのだ。

「西岡さん、残念だけど仕方ない、行こう！」

「まだだ！」

「まだって……」

「手がかりになる資料を見つけるんだ」

西岡は言い、階段で腸を少しはみださせて死んでいる女をわざわざ蹴り落としてから駆け降りてきた。

「そんな時間はないよ！　もし今、こんなところに誰かがきたら絶対に俺らが殺したと思われる」

「誰もきやしねえよ！　ここは秘密の施設だし、山梨は今雪で死んでるんだ。職員の部屋があるはずだ、そこを調べればきっとＮＰＯの関係者の連絡先と名前がわかる。わけあり女に部屋を提供する不動産屋とか、提携してる離婚弁護士の名前もわかるかもしれない。娘がいなかったんだから、せめてそれくらいの成果が欲しいだろ、あんたは娘がいてよかったけどな！」

「部屋はあっちだよ」

桃代が言い、指差した。

「俺には手がかりが要るんだ」西岡は言った。

「わかった、でもあんまり長々と捜さないでくれ。西岡さんには悪いが、俺はすぐに桃代を連れてここからできるだけ遠くに行きたいんだ」

「先に行ってもいいんだぞ」

西岡はぶっきらぼうに言った。

「いや、一緒の方がいい」寺井は言った。「もしも吹雪の中でスノーモービルが転倒したりスタックしたら、相棒がいないと抜け出せなくなって死にかねない」

「……そうだな、でもあとほんのちょっとでいいんだ。付き合ってくれ」

「わかった。付き合う」

それから寺井は桃代に言った。

「桃代、何があっても目を閉じてろよ」

桃代は黙って頷いた。


寺井と桃代と西岡は職員室に入った。幸い、そこには死体はなかった。

職員が休憩する部屋という感じで、書類キャビネットも本棚もない。固定電話もなかった。怪しいのは灰色のロッカーだ。

「おいあれっ!」

西岡が声を上げて何かを指差した。その先に奇怪なものが見えた。

四角い枠に人間の足だけが見えていた。女の細い足で、折れた腓骨《ひこつ》の先端が肉と皮膚とジャージを突き破って外に飛び出していた。

「ママだよ！　あれママの足だよ！」桃代が寺井の腕を掴んで激しく揺すった。

目を閉じてろと言ったのに。

「秘密の通路らしいな」西岡が言った。「隠れてやがったんだ。助けるな、このままにしとけ、自業自得だ」

実に奇妙な再会となった。

「ママを助けてよ、助けてよ！」

「桃代、聞いてくれ。ママを助けたいけど動かせないんだ。動くと怪我がひどくなってしまうんだ。助けを呼びに行かないと」

愛娘に嘘をつくのは心苦しいが早く出発しなければ。

「桃代ぉ、ママを助けてえええ」

桔香が穴の奥から泣いて助けを求める。

「そうはいかねえんだよっ！」寺井は怒鳴った。「これ以上桃代の心を利用するな！　黙れっ」

しかし桔香は黙らない。

「桃代、パパについてっちゃだめ、ママと一緒にここにいなきゃだめ、パパは人殺しなの！　パパと一緒に行ったら桃代は学校にもディズニーランドにもミュージカルにも行けなくなるのよ」

「俺がだまらせようか」

西岡が小声で寺井に言った。

寺井はうなずき、「あとで頼む、桃代に見せたくない」と言った。「それより、本当にもう、出て行きたいんだ」

「先に行けよ、俺はまだやりたいことがある。でも、これ以上あんたに付き合わせるつもりはない」

「でも一緒じゃないと……」

「仕方ないだろ。勾配はできるだけ避けて慎重に運転しろ。スタックしたら子供に手伝ってもらえ。子供でもそれくらいのことはできる。俺はもうしばらくここに残る」

「……本当にいいのか？」

「桃代ぉ、パパについてっちゃだめ」

「ママを助けてくれる人を呼んでくるよ」

桃代がこわばった声で言った。

「ダメぇっ、桃代はママと一緒にここにいるの！」

「桃代、助けを呼びに行くぞ」

寺井は言ってゴーグルを装着して、桃代を担ぎ上げた。そして西岡に言う。

「お互い、もし捕まっても…」

「心配するな。たとえ拷問されようが何も言わない。あんたとのメールのやりとりはすべて消す」

その言葉を信じるしかない。

「幸運を」寺井は言った。

「娘と幸せになれよ」

西岡が言った。

「親子を引き裂こうとする奴なんかみんな殺しちまえ。あんたに会えて、本当に良かったよ」

「俺も、西岡さんのことは一生忘れません」


外に出ると風はおさまっていたが降雪はいっそうひどくなっていた。もはやスノーモービルさえ見えない。

桃代を背負って、一歩一歩膝より上にまで積もった雪とずぼずぼ格闘しつつ自分のスノーモービルを目指す。点灯したままのハンターKの車のヘッドライトが目印だ。

「桃代、しっかりつかまってろよ」寺井は言った。

桃代がさらに強くしがみついてきた。

世界は、死に絶えてしまったかのように静かだった。

「桃代、落ち着いたら桃代の行きたいところ、どこにでも連れてくぞ」

自分を鼓舞するために寺井は話しかけた。

「どこ行きたい？」

「……わかんない」

「まぁ、ゆっくり考えればいいよ」


「さて、と」西岡は言った。「お前の旦那にお前の処理をまかされたんで、処理をしよう」

斧とチェーンソー、どちらを使うか迷ったが、斧にした。

斧をゴルフクラブのように持って、腓骨が飛び出している側の足を狙って勢いよくスイングした。

当然女は絶叫した。

「わかるか？　被害者のふりをして真面目な旦那をコケにすると、いつかこういうしっぺ返しがくるんだぞ」

西岡はもう一度スイングした。女がさきほどよりいっそう死に近づいた絶叫をほとばしらせた。

「お前のような人格障害のクズ女のせいで、本物のＤＶ被害者の女たちがどれだけ迷惑をこうむるか少しは考えろ！」

西岡はもう一度、斧を足に叩きつけた。

女は気絶したのか静かになった。女の左足はいまやほんの少しの肉と皮膚だけでかろうじて繋がっていた。ぐちゃぐちゃという表現はまさにいま目の前にあるこの物体のためにある言葉だ。

西岡は斧を捨て、ぶらぶらしている女の足をつかんで引っぱった。

それで女がまた目覚め、また絶叫した。

「白状しろ、お前は魔女だろ」

女は答えずにただ泣き喚いている。

「お前は、現代の魔女だ。ここは魔女の巣なんだ。魔女がどうやって処刑されたか知ってるな？」

「上にもう一人いるうぅ」

女が言った。魔女が仲間を売りやがった。魔女だから仲間を売るのか、仲間を売るから魔女なのか。

「上ってどこだ」

「上の、横穴ぁ」

それだけ聞けば充分だった。西岡は両手で斧を構えて、二階に向かう。廊下に倒れている女の死体の背中をわざと踏みつけ、もう一体の死体の頭をブーツの先で蹴った。

もう自分を抑える必要などない。

俺は失うものがない（無敵の人）なのに、なにを抑える必要がある？

今は解放の時だ。全開しよう。

◆

「上にもう一人いるうぅ」

「上ってどこだ」

「上の、横穴ぁ」

狂った男がこっちにくる。手当たり次第に部屋の壁を斧で壊して、いずれこの通路は見つかってしまう。

小宮山は肘と膝を使って横穴内で後退し、竪穴に戻ると急いで下りた。下には根岸がいる。

下りてくる小宮山を見上げ、「あっ、あっ、ああっ！」と断続的な悲鳴を上げた。

「出ろ！　あたしが出られないだろ！」

根岸は手を伸ばして小宮山の足首を掴もうとした。小宮山はさらに二段下りて右足でその手を蹴った。さらに二段下りると今度は顔を狙って渾身のキックを繰り出した。鼻を潰し、目を潰し、口も潰して悲鳴を封じる。

そこまでは順調だったが、この女を外に押し出さないと自分も外に出られない。

「なろっ！」

両足で根岸の肩を押し下げようとするが、本人が竪穴から出ようという意思がないとどうにもならない。

「出ろぉ！」

激しく蹴りまくって根岸の鎖骨が折れた。ぐったりとした根岸がまた悲鳴を上げる。こいつの悲鳴は聞き飽きた。

「邪魔なんだよお前ええ！」

その時、竪穴の中に煙が入ってきた。やけに濃い灰色の煙で、鼻の奥から入って脳を汚染しそうな化学臭が混じっていた。

以前ここを出て行った女の残した血のついた汚い下着やジャージを裏で燃やした時に発生した臭いに似ていた。

もろに吸い込んでしまい、激しく咳き込んだ。眼球を針で突いたような痛みに涙がどっと溢れた。

根岸も激しく咳き込み、呼吸困難に陥ったらしく喉からひゅうひゅうという不気味な音を立てた。

あいつ、ここに戻ってきたんだ。そして何かに火をつけて煙攻めを始めたんだ。

小宮山は煙から逃げるために再び梯子を上り始めた。

◆

西岡は片手で口を覆い、目を細め、燃え始めた服を斧の先で竪穴の入り口に押しこんだ。魔女が呼吸困難に陥ったようだ。煙は竪穴の上に向かって昇り始めたので、部屋にはあまり拡散しなくなった。

西岡は続いて、防犯カメラのモニターテレビに斧を叩きつけて破壊した。それから部屋の中を物色し始めた。

ロッカーの扉に斧を三回叩きつけて壊すと、ダイヤル式の金庫が出てきた。両手で持って揺すると、がらがらと音がした。おそらく入所者から没収したケータイなどの私物だろうと西岡は思った。

「これは先生が没収する」

そう呟いて部屋から廊下に出た。ポケットから財布を取り出して、札入れの中からゆいなの写真を取り出した。

「……どうしていないんだ」

呟きながらも、答えはわかっていた。行動を起こすのが遅かったのだ。娘を奪われたショックでパニックに陥り、適切な行動を取り損ねた。妻を信じる気持ちがまだひと欠片《かけら》残っていて、気持ちが落ち着いたら連絡をくれるものと期待していた。よりが戻るかもしれないと思って待っていた。それが最大の誤りだったのだ。

妻を信じたことこそが誤りだったのだ。

◆

あまりにもすさまじい雪のため一旦はあきらめて戻ろうかと思ったが、小宮山と入所者たちのことを考えると、逃げるわけにはいかなかった。ＤＶシェルターという特殊な施設ゆえ、安易に消防などの自治体組織に頼れないのだ。それに今は電波障害により携帯電話も使えない。

安藤さんは黙って恩田の斜め後ろをついてきている。彼に対してももうしわけない気持ちでいっぱいになった。

二人とも何度も転んでいて、無駄口を叩く余裕などこれっぽっちもなかった。

ふと、前方から甲高いエンジン音が聞こえてきた。車とも、バイクとも違う。

恩田と安藤は互いの顔を見合わせた。

じきに闇の中に弱い光がぼおっと浮かび、それは急速に強くなり、それにつれてライトも強くなった。

恩田たちのほんの数メートル脇をスノーモービルが猛スピードで通過した。

一瞬しか見えなかったが大人と子供が乗っていた。運転者は恩田たちには気づかなかったらしく、そのまま走り去っていった。

「便利なもの持ってやがるな」安藤さんが忌ま忌ましそうに言った。

恩田は嫌な胸騒ぎを覚え、またスキーを漕ぎ始めた。

ひたすらスキーを漕がされる地獄に放り込まれたような二十数分後。ふいに闇の中にいびつな三角形の光が見えた。

さらに近づくと恐ろしいことがわかった。

いびつな三角形は破壊されたドアの穴だったのだ。そこから光が漏れているのだ。

「もしかして、あそこか?」安藤さんが訊いた。「あれがシェルターか?」

「そうだけど…なんか変だ。ドアが破られてるみたい」

「ええっ？」

恩田は足がすくんで止まってしまった。苦労してやっとシェルターにたどり着いたという達成感や安心感は微塵も湧いてこなかった。

「俺がもう少し近づいて見てこようか？」

「いいえ、あたしも行きます」

おじけづいて雪の中で突っ立っている場合ではなかった。二人でシェルターに近づいていく。

玄関に血を流して倒れている者がいる。しかも一人じゃない。

「やばいぞこれは」

恩田が思ったことを安藤さんが口にした。

「なんかわからんが、クソやばい」

恩田の頭にこれまでで最悪の予感が湧き起こった。もしかしたら、自分は今日ここで死ぬのかもしれない。今、あたしの斜め後ろの空間に死神がにやにや笑いながら立っていて、あたしの肩に手を置く瞬間を待っているのかもしれない。

駄目だ、おかしなこと考えるな。恩田は頭を振った。

◆

どこかに隠れている生き残りの女を狩り出すため二階に行こうと階段に足をかけたその時、西岡は背後で「カチン」という特徴のある音を聞いた。

静かに玄関まで行ってドアに開けた大穴から外を覗くと、若い女と初老の男がドアのすぐ外にいた。西岡が聞いたのは、スキーブーツを外す音だったのだ。

西岡は吠えるでも悪態をつくでもなく無言で右手の斧を振り上げて左手でドアを開けた。初老の男があわててスキーを装着し直して逃げようとしたが、「はわぁっ」と変な声を発してぶざまに転倒した。若い女は血迷ったのかスキーポールを西岡の顔めがけて投げつけた。

ポールは西岡をかすりもしなかった。

「へっ」

西岡は鼻で笑い、二人との距離を詰めた。初老の男は立ち上がり、必死で逃げていった。男はいい、だが、女を逃がしてやる優しさはなかったので、西岡はポール一本で逃げようとした女を追って外に飛び出し、女の左足を狙って斧を振り下ろした。自分の足もずぼっと雪にはまったが、斧はちゃんと狙ったところをヒットした。スキーブーツがばりんと音を立てて割れた。

「ひいいん!」

女が悲鳴を上げて横ざまに倒れ、雪の中で溺れたようにもがいた。

西岡は二度目の打撃をどこにするかちょっと考えて左足の付け根に斧を叩きつけた。

「ひゃいいいいいい！」

その悲鳴が滑稽だったので西岡はまた鼻で笑った。

「わざわざ魔女の巣に来るなよ、なんだてめえはこら、ええ？」

女は泣いてばかりで答えない。

「なんだてめえはって訊いてんだろ！　頭も切り落とされてえのかこらぁ！」

「職員ですううぅ」

鼻汁を漏らして泣きながら女が答えた。

「それなら訊くことがある。こい」

西岡は斧で破壊した足を右手でつかんで引きずった。

女がこれまでで最大の悲鳴を上げた。

「うるせえっての！」

こいつ、みかけの割にやけに重い。どうやら背負っているリュックが重たいらしい。

ガラガラと音がする。苦労して玄関に引きずり込んだらどっと疲れた。どうやら無理に引きずった際に太い血管が破裂したらしく、出血がすさまじい。たちまち玄関に新しい血の池ができた。女の顔から急速に生気が失われていくのがわかった。尋問するなら早い方がいい。

「おい、まだ逝くな。この写真を見ろ」

女の顔の前に写真を突き出したが、女の目の焦点が定まらない。

「見ろっつってんだ！　この母子に見覚えあるか⁉　よく見ろ、思い出せ」

「救急車……」女がか細い声を搾り出した。

「救急車なんか来られるわけねえだろ、この雪ん中を。それよりどうなんだ、ここにいたのかいなかったのか、どっちだぁ！」

「……覚えてない…救急、車……」

この女が今一番見たいものは救急車のくるくると回る赤いランプだろうが、知ったことか。

「入所した人間の記録があるはずだ、見せろ」

「……ない……のこ、さない」

「嘘つくなぁ！」

西岡は足の付け根にかかと蹴りをぶち込んだ。勢い余ってバランスを崩し、自分もぶざまに尻餅をついた。

なんだか……どっと疲れた。

出発前に寺井とガイドの芹沢の見えないところでこっそり吸引した最後のコカイン

の効果はもう消えていた。コカインの力なしでは、あちこちガタのきたこの体でここまでたどり着いてこうして戦うことなどできなかった。もっともそのコカインの服用が家庭崩壊の引き金を引いたわけだが、いまさらコカインを責めてもしかたないし、そもそもコカインに手を出すまでに自分を追い詰めた理不尽な社会と妻こそが悪なのだ。

人を追い詰めるだけ追い詰めといて、薬物や酒に逃避したら途端に最低の悪人扱いする偽善者どもなどくたばっちまえ。

鼻の下の傷から気力も思考力も漏れていくようだ。

寺井はどこまで逃げたろうか。逃げ切って欲しい。娘と幸せになって欲しい。でないとここまで付き合った俺が報われない。

そういえば、寺井の妻の足を破壊した部屋に電気ストーブがあった。

西岡は職員の女の背負っているリュックが気になり、開けてみたらそこには缶詰や米やクラッカーなどがごっそりと入っていた。

スキーでどこかから食料を届けにきたのか。ご苦労さん、ありがたく俺が全部いただくとしよう。リュックサックを剥ぎ取り、左肩に担いで小さな部屋に向かう。部屋に入ってドアをロックした。

「……で、どうすんだ」西岡は声に出して自分に問い、答えた。

「……まず食うんだ」

コカインがなければ食い物で体力をつけるしかない。リュックの中には使い捨てのプラスチックスプーンがいくつか入っていたので、それを使って焼き鳥と秋刀魚の蒲焼とさばの味噌煮の缶詰を、足だけしか見えない死に損ないの女の傍で貪り食った。人間を殺したことと食欲は、少なくとも自分の場合は関係ないことが証明された。

鳥肉や魚と自分の血が口の中で混じり合ってわけわからない味だし、口を動かすたびにスキーポールで突かれた口と噛まれた下唇が強烈に痛むが、体がエネルギーを欲している。

どうにか食い終えると空き缶を廊下に投げ捨てた。

娘を妻にさらわれて以来、胃腸の活動は低下している。胃もたれしやすく、なかなか消化しない。

「さみいだろ馬鹿っ」

つぶやいてリモコンでエアコンをオンにした。

上着からスマートフォンを取り出して見たが、電波障害はまだ解消されていないようだ。

「……まったく」

こんなシェルター、戦後政権の人間ですら把握していない忘れられた捕虜収容所とどこが違うんだ？　こんなおぞましくて粗末な施設が配偶者の暴力から逃げてきた女を救っているというのか？　こんなのが？　家族を引き裂いて大勢の人生を破壊しているだけのくせして、弱者を悪の手から守る正義の味方のような面してやがる。今の日本社会の醜さの象徴じゃねえか。

重たい腕を上げて腕時計で時間を確認すると、もう夜の九時を過ぎていた。ずいぶん長居している。

「コーヒーが飲みてえ」

突然関係ない思考が割り込んできた。

机に両手をついて立ち上がりコーヒーを探す。豆や粉は期待できなくてもスティッククコーヒーくらいはあるはずだ。ついでに鎮痛剤も探す。顔が痛すぎる。

鎮痛剤はなかったが、スティックコーヒーは、散らばった物と寺井の元妻が垂れ流した血が混じってカオスとなった床に二本落ちていた。職員の私物らしきマグカップもあった。血で汚れたコーヒースティックを上着で拭ってから開け、カップに粉を入れて電気ポットから湯を注ぐと、コーヒーの香りが神経を少しなだめてくれた。数分待って少しぬるくなってからちびちびと啜った。

「もうここに用はないな」

また思考が口をついて漏れた。ゆいなはいない。どこか手の届かないところへ行ってしまった。あきらめるつもりはないが、ここにいてもどうしようもない。

「……燃やすか」

この忌まわしい魔女の巣を焼き尽くし、平原にしてから立ち去るのが自分に残された使命だと思う。

だが、夜明けまで待った方が良くはないか？　今、ここを焼き尽くしてスノーモービルでどこかに向かうにしても遭難してしまう危険がある。暗い中でスタックして、リカバーを手伝ってくれるパートナーもいなかったら切り抜けられる自信がない。さきほどスキーで逃げ出した初老の男もどこかで遭難した可能性が高い。もしもあいつが無事に家なり職場なりに戻ったのなら今頃ここに警察が来ていてもおかしくないはずだ。だが、来ていない。ということは戻れていないのだ。

もう少しましな視界が得られる朝に出て行くべきだ。スノーモービルにはコンパートメントに収納されていたカバーをかけてあるので、雪に埋もれてしまってもエンジンがかからなくなる心配はない、はずだ。なら、ここで朝を待とう。こっちには食い物も水も電気ストーブもある。退屈で血生臭いが、朝まで持ちこたえられる。

西岡は両足を伸ばして机の上に乗せ、腕組みして、首をすくめて目を閉じた。顔の痛みは気にしないようにするほかない。電気ストーブを最強にしても震えるほど寒い。もしもわずかにまだ息のある女や子供がいたとしても、朝まで持ちこたえられまい。

死んだほうが幸せだろう。子供は可哀想だが、俺が殺したわけじゃない。

「あっ」

突然、大事なことを思い出した。スキージャケットの左側のポケットにホテルの冷蔵庫から持ち出した酒のミニボトルを数本入れてあったのだ。

取り出してキャップを外し、「寺井と娘の明るい未来に乾杯」とつぶやき、ボトルに口をつけた。死ぬほど歯茎にしみた。

「ぬえあっ！」

天井がぎしっという音を立てた。

ただならぬ嫌なものを感じ、西岡は真上を見た。

◆

公衆電話ボックスが、三分の二くらいまで雪に埋もれていた。あまり期待はできないが、試してみる価値はある。シェルターを出発してから初めて遭遇した公衆電話なのだから。

寺井は電話ボックスの扉のすぐ近くにスノーモービルを停止させ、桃代に言った。

「電話が通じるか試してみるから、ここでじっとしてるんだよ」

桃代は素直にうなずいた。

「よし」

寺井は桃代の額にキスをして、それからゆっくりとステップハウスから足を抜いた。腿の筋肉が笑っているかのようにがくがく震える。

雪に足を乗せる。覚悟はしていたが、新雪の中にズボッと腰まではまり込んだ。

「ぬおっ！」

驚いたことに、寺井のぶざまな姿を見た桃代が笑った。

こんな状況で笑えるとは。やっぱり子供は凄い。

寺井は振り返って桃代にひきつった笑顔を見せ、それから両手を伸ばして電話ボックスの扉の取っ手がある辺りを探った。

取っ手が手に触れると両手で掴んで引き開ける。雪が邪魔して10センチくらい開いたところで止まってしまったが、そこに右肩を押し込んで力いっぱい押す。なんとか体が入った。

扉を閉めると強いめまいがして倒れそうになったが、桃代を心配させたくないので踏ん張り、受話器を取って耳に当てた。

「あっ」

つーっというあの懐かしい音が聞こえた。断線してない！　最高！

手袋を外して、硬貨を入れて実家の番号を押す。老いた両親はきっともう寝ているだろうが……。

「頼む、出てくれ」

両親の協力なくして桃代の奪還は完成しない。桃代は自分のところにいるが、まだ半分しか取り返した気になれない。いずれ奪い返そうとする勢力が追ってくることは間違いないのだ。

──はい？

不機嫌と不審のあらわな父親の声が聞こえた瞬間、寺井の目の奥からまた涙が滲んでしまった。

「父さん、俺だよ」

──雄大っ⁉　どうした、なんかあったのか？

「ごめん、こんな時間に。信じられないかもしれないけど、俺、桃代を取り返したんだ」

事実を告げたら、胸が大きな風船が膨らんだように広がって新鮮な空気がどっと入ってきた。

多分、俺はもう泣かないだろう。それどころか、笑うことだってできるだろう。

──なんだってえ⁉

「ちょっと今、桃代の声を聞かせるから待って」

寺井は肩でドアを押し開け受話器を突き出すと、シートに突っ伏している桃代に声をかけた。

「桃代っ」

桃代が顔を上げた。

「今、おじいちゃんと話してるんだ、おじいちゃんに大きな声で何か言ってあげて」

桃代はぽわんとした顔をしている。

「なんでもいいから！」

「おじいちゃーん、あたし今、雪の中にいるよぉ」

桃代が元気な声で言った。

寺井はすかさず引っ込んで「今の聞いた？」と確認した。

—聞いたぞ！　お前、いったいどうやって、まさか…

「ごめん、今詳しく話している時間がないんだ。少しでも早くここから遠くに離れないといけなくて」

—ここって、お前今どこにいるんだ。

「山梨だよ、そっちの雪はどう？」

—ひどいもんだ、車庫の屋根が潰れないか心配してる。

「それ、多分潰れるよ。とにかく、今からなんとかしてそっちに向かうから、このこと絶対に誰にも言わないでくれよ」

―わかった。摂子以外には誰にも言わないから安心しろ。

ためらわずにそう言ってくれたのがうれしい。

―でも、今から来られるのか？　電車も全部止まって道路も大渋滞なんだぞ。

「ガソリンさえもてばなんとかなるんだ。ケータイはずっと繋がらなくて、次いつ電話できるかわかんないけど、それはこっちにも好都合なんだ。待っててくれ」

―わかった、待ってる。気をつけるんだぞ、いろいろ。

いろいろ、という言葉に父の気遣いを感じた。

「じゃ、また後で。母さんによろしく！」

また苦労してスノーモービルに戻り、倒さないように慎重にまたがると、桃代が「パパ」と呼びかけた。さっきは笑って元気だったのに、今は笑顔が消えていた。

「どうした？　具合悪いのか？」

低体温症という言葉が頭をよぎった。

桃代が首を振った。

「あのね…」

「うん？」

「あのね、ママがね…」

大事なことを話そうとしている、と寺井にはわかった。

「うん」

「ママはね…」

桃代は言い直し、言葉に詰まった。

「どうした」

「ママね、ちょっと……なんか、変になってた」

そう言って桃代は涙を流した。

「上手く言えないけどね、あたし、ママが変になってるって思った。わかったの。ママが授業中、急に学校にあたし迎えに来たときね、なんかママの中にママと違う別の人が入ってるみたいな感じがして、ちょっと怖かったの」

寺井は黙って頷いた。そして桃代の頭に積もった雪を掌で払った。

桃代は堰を切ったように話し出した。

「それでね、それでね、パパがママのこと殴るって言ったの、パパの気が変になってこのままだとママだけじゃなくてあたしも殴られるって言ったの、パパは絶対に治せない心の病気にかかっちゃったから今すぐパパのいない所に行かないとあたしたちだけじゃなくてみんなの身に恐ろしいことが起きるって言ったの。あたしはそんなこと信じられなくて、パパに訊いて本当のことを確かめたかったけど、それはできないってママが言って、もう家にも戻らないでこのまま安全な所に行くって言って……学校も変わるって言って、そんなことしたら友達にも先生にも会えなくなっちゃうって言ってもママは全然聞いてくれなくて、先生が止めようとしたけどあたしの手をどんどん引っ張って外で待ってるタクシーのところまで連れてって、あたしもう本当に怖くて、本当のママなのにママじゃなくなっていて、あたし知らない人にさらわれてるみたいな気がして、運転手さんがママに（どうしたんですか、大丈夫なんですか）って心配して聞いても（さっさと車出しなさいよ）って怒鳴りつけて、ママの目が吊り上がってて、声までなんか変な感じになって…さっきママを助けてって言ったけど、あたし自分が本当にそう思ってたのかどうなのかなんかもうよくわかんなくて…どうしたらいいのかわかんなくて」

「もう終わったよ」

寺井は言い、泣き出したわが子を優しく抱きしめた。

桃代の体が地震のように震えだすと、いっそう強く抱きしめた。

「怖いことはもう終わりだ」

◆

今の根岸桔香を見て、生きていると思う者はまずいないだろう。

だが、まだ死んではいなかった。

破壊された左足と小宮山に潰された目鼻口から流れ出た大量の血が、足元にメダカが泳げるほどの池を作っている。

しかし、桔香は今、ここにいない。

桃代を連れて家を出ることを決心したあの夜にいた。


「そんなに安定した生活がいいんなら、どうして俺と結婚したんだっ！」

寺井が声を荒げた。どうやらよくないスイッチが入ってしまったらしい。

「そんなに将来が不安なら、見合いでもして公務員とか銀行員とかと結婚すればよかったじゃないかよ」

「そんな言い方しなくてもいいじゃない！」

桔香も声を荒げた。

「将来が不安じゃいけないの⁉　不安になっちゃいけないわけ？」

「不安があるなら具体的に言えばいいだろ、お前の不安はどれも漠然としたものばっかりだろ」

「漠然としてない、現実的なものだよ」

「要は俺の収入が少ないって言いたいんだろ？」

「そんなこと言ってない……」

「なんなんだお前は、贅沢がしたくて結婚したのかよ！」

寺井は桔香から顔をそむけて、腕を組んで壁を睨んだ。

「贅沢させてやれなくて悪かったな」

「そんなこと期待してないよ！　なんであたしが不安な時にそうやって攻撃してくるの？　逆の立場だったら傷つかない？」

「俺は自分の漠然とした不安は自分で解決する。お前みたいなガキと違って大人だからな」

寺井は言った。

「パートナーに不必要な心配ごとをさせないのが愛情だと思ってるからな」

「そんなのが、夫婦なの？　不安があっても相談できないのが夫婦っていえる？」

「誤解するな！　そうは言ってないだろ」

「言ってるよ！」

「言ってない！　その不安が現実的で具体的なことならいくらでも聞くし、話し合う。だけど将来へのぼんやりとした不安なんか、そんなもの自分の心の中で処理しろよ、大人なんだから」

「あたしが子供だって言いたいみたいだけど、あたしの感情はシェアしたくないってこと？　夫婦なのに？」

「シェアじゃないだろ！　押しつけてるだけだろ！　お前にとって他人の存在は自分の不安とかムカつきとかを投げつけるためだけのものなのか？　夫婦だって、他人なんだよ！　夫婦だからって自分のネガティブな感情を好き放題相手に押しつけていいわけじゃないんだよ！　自分の感情を整理しないでそのままパートナーに投げつけるなんて子供のやることだろ」

じゃあ今のあんたは何なのよ、と言ってやりたかったが、それを口にした時の寺井の反応を考えると萎えた。

「そんなにあたしのこと、子供扱いしたいんだ」

「実際子供だろうがぁ！」

寺井は拳を振り上げ、唾を飛ばして怒鳴った。

不気味な沈黙が訪れた。それに耐え難かったのか寺井が言った。

「自分の気持ちを分かち合って欲しいって言う女に限って、心配をかけまいとする男の気持ちなんか考えてないもんだ」

「……なんか、ダメだね」

言うべきではなかったが、弱音が漏れてしまった。

「お前、ちょっと外に出て頭冷やしてこい」

寺井は命令し、ソファから立った。つまみ出されるのかと思い、桔香はあとずさった。だが、負けてたまるかと思い言った。

「自分の行動が妻を不安にさせてるっていう自覚がないんだね」

「なんだとこの野郎！」

寺井が一歩間を詰めたので桔香は一歩あとずさった。

「聞こえたでしょ⁉」

「呆れた被害妄想女だな、俺がお前を不安にさせてるってのか？　俺の行動の何がだよ！　どこがだよ！　さっさと答えろよ！」

寺井の眉間から発せられる暴力電波が桔香の気分を悪くさせる。

もはや夫が妻を見る目ではない。自分の思い通りにならない不良電化製品を見るような目だ。

「そうやって訊くってことは、自覚がないんだよ」

声が震えないよう気を張って、桔香は言った。

「ああないね！　俺の何が悪い、どこが悪い。俺がいつお前を不安にさせるようなことをした⁉」

「あたしを締め出してる」

「はあっ⁉」

「これじゃ夫婦じゃないみたい」

寺井はめまいを感じたのか額に手を当てた。ソファの肘に尻を乗せる。

「わかった。何が問題なのか」寺井は言った。

桔香は黙って先を促した。

「俺とお前で、（夫婦とはこうあるべきだ）っていうイメージにズレがあるんだ。それが一致していないからおかしなことになるんだ。お前はどう思ってるんだ、お前にとって（あるべき夫婦の姿）とはなんなんだ？」

「まずあたしから聞きたい」桔香が言った。「言って」

「そうか、じゃあ言う。俺にとって、夫婦というものは、成熟した心を持つ男と女が、お互いを最大限尊重して、助け合って、いろいろな困難を乗り越えて、喜びを分かち合うものだ。大事なのは、成熟した心を持つ男と女ってところだ。どちらか片方が精神的に子供だったり、二人とも子供だったら、結婚は続けられない。結婚してからも、夫と妻は、人として成長する努力を怠ってはいけないんだ」

「お前は、どうなんだ」寺井は訊いた。「どう思ってるんだ」

「お互いに認め合って、相手を締め出さない」

桔香は瞬きせずに答えた。

「あなたはあたしを締め出してるし、あたしを一人の人間として認めてない。いつだって見下している。拾ってやった、養ってやってるって思ってる。そう思ってることにあたしが気づいてないとでも思ってるの？」

「だからぁ、それが被害妄想なんだよ！　せっかく俺がこの話し合いを建設的な方向に持っていこうとしているのに、また俺を責めるだけか。なんでそう楽な道にばっかり行こうとするんだお前はぁ！」

「怒鳴って黙らせるのも楽でいいよね」

「お前と話して怒鳴りたくならない男なんかいるのかよ、そんなの耳の聞こえない男と死体だけだ！」

その言い方はひどすぎる。

寺井はまた怒鳴りかけたが止め、そのかわりに大きく舌打ちした。

「もう疲れたし、頭が痛い」

桔香は言ってこめかみを押さえた。

「始めたのはお前だろうがよ、こっちはお前の何倍も疲れてるのにこうして相手してやったのになんだその態度はぁ！」

怒鳴ってこそいないが、凄まじい敵意であった。握られた拳が今にも飛んできそうだ。

「お願いもうやめて、桃代が起きちゃうじゃない」

「もういい、寝ろ。続きは俺の機嫌がいい時にしろ。出てけ。俺はここで寝るから」

寺井が宣言したが、桔香は何も言わず、部屋から出てドアを閉めた。

その瞬間寺井が吐き捨てた。

「……バカが！」

あたしに聞こえていないとでも？　それともわざと聞こえるように言ったのか？

「どんだけガキなんだ」

寺井はさらに吐き捨てた。

もう駄目だ、手遅れだ。桔香は悟った。

◆

自分の首の後ろを流れる血のどろっとした感触で、小宮山は目を覚ました。

目を覚ましても闇である。当然だ、自分は毛布の繭《まゆ》の中に隠れているのだから。

何が起きたんだ？

そうだ、女子供を殺しまくった後、これは全部桶石がやったことにすればいいと考えたんだった。

　実際、桶石は殺しまくった。「子供は殺すな！」と言ったにもかかわらず子供も容赦なく殺してしまった。聞こえなかったらしい。聞こえたけど聞こえなかったことにしたのかもしれない。

　いずれにせよ、制御のきかなくなった殺戮マシンになってしまった。おそらく殺戮のエネルギーの源は桶石が過去にうけた数え切れないほどの屈辱、長年の孤独、どす黒い怨念、底なしの絶望、呪われた人生から逃れられない恐怖、などがごちゃまぜになったものだったのだろう。

　小宮山は二人くらいしか殺していない。もっとたくさんの女子供を殴ったり蹴ったり階段から落としたりしたが、死んだのを確認したのは女二人だけだ。だからほとんどが桶石の犯行だ。桶石の図体のでかさと、思い込みが激しく不安定かつ一旦暴走を始めると手のつけられない性格は、この常軌を逸した犯行に大いに説得力をもたせるだろう。桶石本人も自分が殺した人数なんて数えていないだろう。

「正直に詳しく話せば、警察もわかってくれる。正当防衛だって」

　自分ではまったく信じてないことを言い、小宮山は桶石を落ち着かせようとした。

「最悪有罪になったとしても、死刑にゃならない、きっと三年か四年で出られるよ」

　桶石は黙っている。疲れすぎて口もきけないらしかった。

返り血のシャワーを浴びたようになってぜいぜいと荒い呼吸を繰り返している桶石の背中にそっと手を置こうとしたその時、玄関でチェーンソーの音が轟いた。武器を持った男が二人押し入ってきた。その男らも正気ではなかった。自分はすでに疲れ果てていて、武器も貧弱だ。武装した狂った男にかなうはずがない。だから小宮山は隠れることにした。

桶石のことなど頭から消えた。

あわてて秘密通路に潜って隠れていたら、図々しくも入所者の女が入ってきたので頭を蹴って下に落としてやった。

それから男どもに隠れ場所を突き止められて引きずり出されて殺される恐怖に怯えたが、それはなかなか現実になることなく、長い長い時間が過ぎていった。

そして寒さと疲労からくる眠気に耐え切れなくなって、だけど眠ったら死んでしまうと思って必死に耐えていたら突然ものすごい音がして、傾きが大きくなって、このままだと頭から落下すると思って、だけど繭の中にいては手を伸ばしてどこかにつかまることもできないので毛布の繭の暗がりで悲鳴を上げたんだ。

次の瞬間、ふわりと浮き上がった。

飛んだ？　と思ったら空中でぐるんと一回転してぼすっ！　という音を立ててやわらかいところに突き刺さった。

それが最後の記憶だ。たぶん、気絶したんだ。

やわらかいところは……。

小宮山は無我夢中でもがいて毛布の繭を破った。

「……雪？」

そして真っ白な光に目を焼かれた。数秒間、ひたすらまぶしいだけで何も見えなかった。

そしてようやく見えてきたものに、小宮山は息を呑んだ。

シェルターの屋根が崩落し、建物全体が醜く歪んでいた。

自分が落下したのは崩落した屋根の、鋭利に突き出した建材のすぐ傍だった。あと1メートルずれていたら建材に串刺しになっていた。

屋根が、積もった雪の重さに耐え切れず落ちたのだ。崩れ落ちた屋根は二階の床をもぶち抜いてしまったのだ。

小宮山が四年と七ヶ月過ごした世界は、白い雪が壊してしまった。

朝になっても雪は昨日と変わらぬ激しさで降り続いている。小宮山の頭にもみるみる積もっていく。
5、6メートルほど前方に、雪から突き出した人間の足が見えた。
ごついブーツを履いた男の足だった。二人の内のどちらかわからないが、死んでいればどっちでもいい。足首が妙な角度でねじれている。そしてぴくりとも動かない。いったい何トンの雪の直撃をくらったのだろう。

いい気味だ、ざまあみろ。

「きひひひっ」

突然、掠《かす》れた笑いが小宮山の喉奥から漏れた。

「きひひひぃっ！」

身をかがめると足元の雪を掌ですくい、両手で押し固めて、雪玉を作った。それを死体の足を狙って投げつけた。

ぱふっ。

雪玉が男のブーツに当たって砕けた。雪玉を投げたのはおよそ三十六年ぶりであった。

「ひーひひひっ、ひっ！」

なぜか笑いが止まらなくなった。

「あひひひひっ、いっひひひひひひ、ひっひひひへへへへはははははっ」

数分間笑い続けてようやく収まった。笑い過ぎて少し失禁した。

小宮山はようやく次の行動を起こした。右足を雪から抜き、シェルターに向き直って声を上げた。

「誰か生きてる⁉」

返事はない。

「桶石っ、生きてる？」

やはり返事はない。

「誰か生きてるなら声を出すか、手を振るか、なんでもいいから音を立てて！」

その声は誰にも届かず虚しく雪に吸い込まれていくだけに思えた。

「よしっ」

これで安心できる。とどめを刺す体力をセーブできる。

目撃者はいない。

女子供を殺したのは侵入者の男二人だ。そいつらも潰れて死んだ。

おかげで殺しを桶石に全部なすりつけずに済む。それは小宮山の心の痛みを少しだけ軽くした。

「お前はよくやったよ、やり過ぎたけど」

小宮山はどこかに埋まっている桶石に向かって言った。

それから電気ストーブを探してあちこちを掘り、運よく見つけた。しかもおどろいたことにつきっぱなしになっていた。

つくづく自分は悪運の強いろくでなしだ。

小宮山は初めて神とか悪魔の存在を信じてもいいような気がした。自分はきっと、悪魔に気に入られているのだ。そう考えるといろいろ納得がいく。

ストーブがあれば数時間くらいは生きていられる。いや、うまくいけば夜までなんとか。それまでにきっと救助はくるだろう。

発見した連中は一生もののトラウマを抱えることになるだろう。

そして自分はこの惨劇を生き延びた奇跡の生存者になる。

うまく切り抜けよう。自分の弱さを責めずにいられない気の毒な被害者を演じ切ろう。自分ならやれる。悪魔がついてる。

小宮山は手を伸ばして雪を一塊すくって口の中に入れ、溶けて水になるのを待ってから飲み下した。それからストーブを抱くようにして暖を取る。

「突然二人組の男が襲ってきて……私は、私だけが知っている秘密の通路に潜りこみました。後のことは何も知りません」

小宮山は呟いた。

「勿論、私には入所者を守る務めがあります。しかし、武器を持った二人の男にドアを破られてしまった時点で事態はあたしがどうにかできる範囲をはるかに超えてしまったのです。私一人で、何も武器はなく、暴漢と戦う訓練も受けておらず、立ち向かうことなんか到底できません。私は殺されたくありませんでした」

目の前に検事がいるかのように小宮山は独り言を続けた。

「血を見てしまったら、死にたくない、ただそれしか考えられませんでした。だから……一人で隠れ場所に逃げこみました。そして目を閉じて耳を塞いで、一刻も早くこの悪夢が終わることを願い、いつの間にか寒さと疲労で意識を失ってしまいました。そして、ものすごい音とともに目を覚まして、秘密の隠れ場所から、雪の中に落っこちて、顔を出したらシェルターの屋根が落ちていたんです。まさか雪の重みで屋根が落ちるなんて、夢にも思いませんでした」

自然に涙がこぼれた。同じ場面に差しかかれば、何度でも涙を流せるだろう。どんなベテラン検事だって、あたしの嘘は見抜けまい。

「母親や子供たちの命を、自分の命をかけても守ってあげられなかった自分の弱さを、私は一生許せないでしょう」

小宮山は両手で顔を覆って泣いた。

「せっかくこの仕事で社会復帰するチャンスを与えてもらったのに、私は、やっぱり、やっぱり弱い人間です、どうしようもなく弱いにんげんですううぅぅ」

ぱちん、という切ない音を立てて電気ストーブが死んだ。

「てめえこの野郎っ！」

小宮山はストーブを蹴飛ばした。けれど生き返らなかった。

◆

豪雪被害のさなかに発見された、山梨県のとある施設での多数の女性と子供の他殺体に関する続報は十九日の朝に流れ、日本中のみならず世界を震え上がらせた。

その施設は、暴力をふるう男性配偶者などから逃げてきた女性や子供を一時的に保護する避難所、ＤＶシェルターだったのだ。唯一の生存者である女性職員・小宮山の証言によってわかったことである。

被害者の身の安全を守るため警察すらその場所を知らず、これまで謎に包まれてきたＤＶシェルターの場所が明らかになり、しかもそこから多数の女性と子供の惨殺死体が見つかったという事実は世界に大きな衝撃を与えた。

さらに、その施設からいなくなった子供がいるということがわかると、事態は新たな展開を迎えた。

いなくなった子供の名前もわかった。

根岸桃代。七歳。

大規模な特捜本部が設けられ、殺人と誘拐の容疑で捜査が始まった。

もしもその行方不明の女児が生きていれば、勿論生きていて欲しいが、事件について重大な証言が得られる可能性が高い。もしかしたら事件の一部始終を知っているかもしれない。七歳なら証言能力は充分ある。

行方不明の子供がいると聞かされてから、小宮山の態度が急におかしくなった。

担当の刑事によると、小宮山は落ち着きをなくして激しい貧乏揺すりを始め、「司法取引しよう」と言った。

「本当はもっといろいろあったの」とも言った。

驚いた刑事が供述の真意を問うと「シェルターの中で深刻なトラブルが起きて、事態が収拾できなくなって、下手すると自分が殺されかねない情況になったのでやむを得ず職員規範の解釈を変更して、入所者たちに対して良くない力を行使した。だけど、あくまで必要最小限の力にとどめた」という供述を始めた。

供述の最中、小宮山は「自分はあくまで被害者だ、正当防衛の範囲内だ」と執拗に繰り返した。また桶石という名前が頻繁に出てきて、殺したのは桶石だともしつこく言った。自分は悪魔に好かれているという発言も飛び出した。

そしてすべてを話すから、無罪は無理だとしても減刑して欲しいと小宮山は訴えた。

「俺にそんなこと言われても……俺は平刑事だし……」と刑事は困惑した。

そして話のスケールはどんどん大きくなり、話題は近年のフェミニズム団体の腐敗、すべての人間が本来もっている暴力性、それを証明する人類の虐殺の歴史、子供を含めたあらゆる人間の卑劣な自己保身性、責任転嫁に長けた演技性人格障害者の悪質さとそれを見抜くことの困難さ、知性の欠片もない身勝手な劣等人種への罵倒、悪魔の気まぐれな性格について、とくるくる変わり、刑事が「ちょっとペースを落としてくれ。書ききれないし、貧乏揺すりも抑えてくれ、伝染《うつ》りそうだ」と懇願するくらいに暴走した。

しかし小宮山の暴走は止まることなく、発せられる言葉は次第に意味不明となり、そして遂に大量の涎をたらし白目を剥いて失禁し、口から黄ばんだ泡を吹いて激しく痙攣して病院に搬送された。

それ以後、小宮山は誰の呼びかけにも応じることはなかった。瞳孔は光に反応して収縮しても、光の動きを追いかけることはなかった。

（終）

本作品は当文庫のための書き下ろしです。

なお本作品はフィクションであり、実在の
個人・団体などとは一切関係ありません。

文芸社文庫

血祭り

二〇一六年十二月十五日　初版第一刷発行

著　者　戸梶圭太
発行者　瓜谷綱延
発行所　株式会社　文芸社
〒一六〇-〇〇二二
東京都新宿区新宿一-一〇-一
電話　〇三-五三六九-三〇六〇（代表）
〇三-五三六九-二二九九（販売）

印刷所　図書印刷株式会社
装幀者　三村淳

ISBN978-4-286-18224-7

［文芸社文庫　既刊本］

トンデモ日本史の真相　史跡お宝編
原田　実
日本史上の奇説・珍説・異端とされる説を徹底検証！　文庫化にあたり、お江をめぐる奇説を含む2項目を追加。墨俣一夜城／ペトログラフ、他

トンデモ日本史の真相　人物伝承編
原田　実
日本史上でまことしやかに語られてきた奇説・珍説・伝承等を徹底検証！　文庫化にあたり、「福澤諭吉は侵略主義者だった？」を追加（解説・芦辺拓）。

戦国の世を生きた七人の女
由良弥生
「お家」のために犠牲となり、人質や政治上の駆け引きの道具にされた乱世の妻妾。悲しみに耐え、懸命に生き抜いた「江姫」らの姿を描く。

江戸暗殺史
森川哲郎
徳川家康の毒殺多用説から、坂本竜馬暗殺事件の謎まで、権力争いによる謀略、暗殺事件の数々。闇へと葬り去られた歴史の真相に迫る。

幕府検死官　玄庵　血闘
加野厚志
慈姑頭に仕込杖、無外流抜刀術の遣い手は、人を救う蘭医にして人斬り。南町奉行所付の「検死官」が、連続女殺しの下手人を追い、お江戸を走る！